$7.00로 시작한
나의 아메리칸 드림

MY
AMERICAN
DREAM

$7.00로 시작한

나의
아메리칸 드림

하재관 회고록

좋은땅

전중현 사회 윤리학 박사

연합 감리교회 은퇴 목사

하재관 사무장의 믿음의 바탕과 온화한 성품으로 주변을 향상시키는 자질을 잘 알기에 그가 도미하여 공부한 후 그 내용을 사람들에게 베푸는 길을 오랫동안 듣고 싶어 하던 차에 《나의 아메리칸 드림》을 출판하기에 이르러 먼저 성급한 마음으로 다 읽고 큰 감명을 받았다. 여기에는 지금까지 겪은 어려움을 극복하고 남을 도와주는 일에 헌신하는 활기찬 발자취가 구구절절句句節節이 담겨 있기 때문이다.

그와의 인연은 1960년대 서울 서소문에 있는 기독교 아동복리회 Christian Children's Fund에서 시작한다. 주말이면 쉬는 사무실, 잘 단장되어 영화촬영의 장면으로 사용되던 번역실이다. 나와 마찬가지로 pk(pastor's kid, 목사의 아들)임을 알게 되면서 절친한 사이가 되었다.

그가 미국에서 처음 공부한 Denver University와 같은 campus에 있는, 예전에는 같은 학교였지만 지금은 독립된 Iliff School of Theology에 나를 추천해 주어 admission을 받았고 거대한 로키산맥이 보이는 아름다운 campus에 와서 혼자 밥해 먹는 것부터 배우며 공부를 마치고, Boston University에서 사회윤리 Ph.D를 취득하게 되었고, 우리 아이는 4살 때 엄마가, 대학 교수의 좋은 일터를 버리고, 데리고 와서 지금은 아름다운 태평양 해안 Newport Beach에서 의사로 섬길 수 있는 계기가 되었으니 내게는 은인恩人이다.

하 사무장의 어려서의 삶에 어려운 시절이 있었다는 것은 그의 평화스러운 모습에 어긋나는 것으로 이번에 처음 알게 되었다. 이렇게 표현하고 있다.

저는 가난한 옛날 목사님의 둘째 아들로 늘 가난을 배우며 살았습니다.
여름에 배가 고프면 아카시아 나무를 타고 올라가 꽃도 많이 따먹고, 가을엔 밭에 남겨진 감자도 주워 먹고 아니면 굶고 잤습니다.
지금도 두드러지게 생각나는 것은 춥고 배고팠던 어린 시절입니다.

그런데 몇 년 전에 "불우한 이웃을 위해 일하고 싶다"고 편지 했던 친구 Dr. Chauncy Hager에게서 답장이 왔고, Denver University로부터 입학허가서가 왔다. 이때 그의 감회를 이렇게 표현하고 있는데 우리에게는 감동적인 격려가 아닐 수 없다.

> 꿈을 가진 사람은 꿈을 향해 가는 힘과 지구력이 있습니다.
> 웬만한 시련에 굴복하지 않습니다.
> 돈이 없어도 밥을 굶어도 내일을 위해 힘차게 뛸 수 있는
> 힘이 주어집니다.

한국에 있을 때 경상도 아가씨 사모와 딸 명아가 있었던 것을 알고 있었다. 예상대로 학교 공부를 세 곳에서 마치고 social worker로 사람들의 생활터전을 향상시키는 일에 몰두했다. 그러는 가운데 한국에 남겨 놓은 부인과 두 딸을 데리고 와서 부인도 영양학을 공부하고 함께 봉사에 매진하는 동료로 드높여 주었다.

기독교인들도 그의 저술을 모두 소장하고 사숙私淑하는 법정法頂은 자연이 인간 삶의 모태로 살아 움직이는 생명의 원천이며, 숨은 투명함과 한가로움과 고요함으로 안식과 치유의 기능을 한다고 밝혔다. 하 사무장의 글에서 인상적인 것은 자연의 품에서 기상과 용기를 찾아내고 위로와 격려의 근거가 되는 차원을 만끽하고 있는 것이다.

새로운 동기를 조성해서 사람들 삶의 외로움에서 벗어나서 사람 인(人) 자가 말해 주는 둘이서 기대고 함께하는 나눔의 삶으로 공동체를

마련해 주었다.

  그는 어려움을 겪은 고난 속에서 헤쳐 나가야 할 방향을 포착했고, 이에 굴하지 않고 지녀야 할 동기가 조성되었고, 이 확고한 동기의 지원으로 주어진 생활을 개혁하고 발전시키는 행동을 유발시켰다. 그에게 지고의 목표는 "사람은 사람대로 대접하라"는 인본주의 철학으로, 현대적인 표현은 "to make a better world to live"로 하나님 나라의 건설이다.

  티베트의 속담에 이런 말이 있다.

   해결될 문제라면 걱정할 필요가 없고
   해결이 안 될 문제라면 걱정해도 소용없다.

  그러나 해결될 문제는 동기를 행동으로 연결시키는 노력이 있어야 결실을 맺을 수 있다. 팔짱 끼고 앉아서 되는 일은 하나도 없다. 독일의 순교자 Dietrich Bonhoeffer는 이 땅의 체류자로 현실참여의 필요성을 이렇게 말했다. 나를 양육하는 땅은 나의 과제와 정력을 정돈한다.

   나의 삶을 영위하는 땅을 혐오하는 것은 온당치 않고 이
   땅에 성실과 감사를 돌린다.
   나는 모든 것을 지는 체류자로, 이 땅의 문제와 슬픔과 기
   쁨에 내 마음이 무관할 수 없고, 거룩한 약속의 구속함을

인내하며 기다리고 또 기다리면서 내가 원하고 꿈꾸는 것
만으로 끝나는 내가 되지 않는다.

저자의 좌우명은

부싯돌의 불은
잘 안 붙을 때도 있지만
꿈을 안고 사는 사람에게는
불이 붙고야 만다.

저자는 이 모든 어려운 고비마다 굴복하지 않고 올바르게 세우는 건
설의 발판으로 삼았고, 그 혜택은 우리들에게 넘치고 있다. 이제 그가
마음에 닿는 대로 쓴 우아하고 박력 있는 전기를, 같은 이민자로 이 땅
에서 American dream을 이루는 한 동료로, 읽고 공감하는 아름다운
경지를 이루기를 바라는 마음으로 이 책의 숙독熟讀을 권한다. 그때 독
자 스스로의 American dream의 전기가 마련되는 수확을 거두리라 믿
는다.

1965년 9월 15일 아메리칸 드림(꿈)을 품고 미국에 온 지 반세기가 지났다. 광활한 태평양을 건너 그렇게 갈망하던 미국에 터를 마련하고 마음과 뜻을 다하여 열심히 살아온 지난날의 가족사家族史는 아이들에게도 힘과 용기를 주는 이야기라 생각하고 붓을 들었다.

나는 어려서부터 꿈이 많았고 어떠한 어려움에도 좌절하지 않고 다시 일어나는 기백이 있었다.

미국에 온 지 일 년도 되기 전에 학생의 신분으로서 가족을 데리고 왔다는 것은 굳은 의지 그리고 부단한 노력의 대가였다.

어려운 아메리칸 드림 구현은 나에게 사랑이 무엇인가를 가르쳐 주었다.

고린도전서 13장에 '사랑은 모든 것을 참으며…' 하는 말. 어떠한 역경에서도 다시 일어설 수 있는 힘을 주는 것은 사랑이요, 사랑을 구현시키는 것은 인내다.

필자가 모든 것을 참고 꿈을 이룰 수 있었던 것도 가족이 있었기에 가능했다.

  돈도 학벌도 없는 젊은이가 부유한 집 자손들만 가던 유학의 길에
오를 수 있었다는 것은 만萬에 하나 있을까 말까 한 놀라움이었다. 수
학數學 공식에도 없는 나의 미래가 꿈을 품고 여기까지 온 것은 분명
천운天運이요 하나님의 은혜다. 보이지 않던 것이 보이는 순간 세상이
아름답듯이 꿈으로 보는 세상 또한 아름다웠다. 꿈속에서 보는 꿈이
아니라 생각만 하던 꽃길을 지금 걸어가고 있다는 사실에 스스로 감
동하고 있는 것이다. 나에게 꿈을 심어 준 사람은 미국 의사협회 섭외
부장이며 교회 행정장로, 성경반 회장이신 헤거 박사(Dr. Hager)이다.
온화한 품성과 이웃사랑의 정신으로 사는 보기 드문 백발의 젠틀맨이
다. 그의 조용하고 낮은 목소리는 상대방을 편안케 하는 흰머리를 가
진 분이다. 편지 왕래를 통해 가까워졌고 나의 아버님이 장로교 목사
님이고 나는 앞으로 불우아동의 복지를 위해 사회복지사 공부를 하고
싶다는 말에 선뜻 나를 후원하기에 이르렀다.

  나는 당시 딸이 하나 있고 또 태중에 기다리는 아이가 있는 아버지
였기에 공부를 하면서 돈도 벌어 한국에 있는 아내에게 보내야만 살
수 있는 형편이었다. 가족을 두고 떠나기엔 걱정이 많았다.

  그러나 헤거 박사의 편지는 나에게 꿈을 안겨 주었고 아내 역시 기
회는 한번 놓치면 다시는 오지 않는다는 것을 재삼 강조하면서 떠날
것을 부탁했기에 가능했다. 꿈을 가진 사람은 꿈을 향해 가는 힘과 지

구력이 있다. 웬만한 시련에 좌절하지 않는다. 나는 모든 것을 뒤로하고 떠나기로 했다.

미쉬간 호수의 해돋이

차례

김포공항을
떠나던 날

　1965년 9월 15일 가랑비가 내리는 김포공항, 둘째 아이 분만을 앞둔 만삭의 아내는 2살 난 딸 명아(明牙)의 손을 잡고 김포공항에 배웅 나왔다. 아내는 대기실 코너에서 어린 딸 명아와 무슨 말을 하는지 엄마의 눈은 이미 흥건히 젖어 있고 아이는 이상하다는 표정을 지으며 엄마를 쳐다보고 있다. 둘째 아이 출산 증후가 있어 병원에 입원까지 했었지만 남편이 떠나는 날이라 불편을 무릅쓰고 공항까지 배웅 나왔다. 하얀 모시 치마저고리에 흰 고무신을 신고 딸 명아의 손을 잡고 힘없이 대합실 코너에 앉았다.

　앞으로 아이 둘을 데리고 혼자 살아가야 할 형편을 내가 너무나 잘 알고 있기에 걱정이 더 컸다. 심리적 그리고 경제적인 어려움을 아내 혼자 이겨 낼 수 없을 것이라는 생각에 초조했다. 아내에게 손수건을 건네주며

　"아무리 생각해도 내년에 가는 것이 좋을 것 같아! 그냥 집으로 가자! 유학은 내년에도 갈 수 있으니 말이야!" 말했다.

아내는 갑자기 몸을 바로 세우며 정색을 하고는

"그건 절대 안 돼요! 당신이 성공해야 우리는 살 수 있어요. 여기 일은 걱정 말아요. 내가 어떻게 해서라도 꾸려 나갈 테니…. 사람 죽으라는 법은 없어요. 남들은 미국이 좋다고 하지만 가족 떠나서 혼자 공부하고 일해야 하는 미국의 현실이 그리 만만치 않을 거예요. 그래도 당신은 가야만 해요!" 울음을 멈추고 일어선다.

명아도 엄마 곁에 서서 우리 둘을 번갈아 보고 있다. 간곡한 이 한마디! 앞으로 다가올 많은 어려움을 내다보면서도 미국으로의 꿈을 버리지 말라는 것은 '새로운 것을 찾아 나서지 않으면 우리에겐 희망이 없다'는 것을 말해 주고 있다.

만삭의 몸으로 딸 명아와 함께 배웅 나온 아내

이 간절한 호소가 나를 일깨웠다. 내가 짊어지고 가야 할 오늘의 고난이라면 기꺼이 감당하겠다는 각오다. 우리 모두의 앞날을 내다보면서 지금 떠나지 않으면 우리들의 미래는 어둡다고 하는 결단의 시간이 찾아온 듯.

"당신 말이 옳아! 빈손이지만 모든 것을 하나님께 맡기고 떠나야지…." 그렇게 패기 왕성하던 내가 하나님을 찾는 순간이다. 정말 선택의 여지가 없었다.

'아들이 성공하면 여자는 얼마든지 있다'며 우리의 결혼을 반대하신 어머니이기에 위로도 보살핌도 기대할 수 없었고 자존심이 강한 아내는 아예 기대하지도 않은 터라 처음부터 '내 힘으로 끝까지…' 가겠다는 결의였다.

"나는 죽어도 괜찮아. 그러나 당신은 살아야 해!" 눈물을 머금고 하는 말이다.

끝까지 가야 한다는 말, 내일 일은 모르지만 지금 내가 처해 있는 지금보다는 좋을 것이라는 생각엔 변함이 없다. 꿈을 안고 가라는 말, 뒤를 돌아보지 말라는 얘기다. 꿈은 언제나 앞에 있는 것, 뒤에서 따라오지 않는다는 것.

"일어나 뛰어라. 꿈을 안고 날아라. 날아라! 고뇌에 찬 인생이여, 어느 누가 청춘을 흘러가는 물이라 했나…." 노래의 가사처럼, 꿈을 안고 뛰어야만 했다.

아내는 "도착하면 편지 해요." 짧은 한마디를 남기고 돌아서서 명아의 손을 잡고 걸어 나간다. 아내의 뒷모습, 엄마 따라 종종 걸어 나가는 두 살 난 딸, 남자는 눈물을 보이지 않는다는데…… 그만 이 금기를 깨고 말았다.

모든 것을 뒤로하며 김포공항을 떠난다. 구름 속을 뚫고 올라온 서북항공기는 가는지 오는지 모를 정도로 조용하다. 스튜어디스(Stewardess)가 주는 주스 한 잔을 마시고 깊은 잠에 들었다. 한참 후 깨어 보니 일본 하네다공항이다. 미국행 비행기를 갈아타기까지 3시간의 여유가 있어 젊은이들은 걸어와 시내에 같이 가자고 조른다. 일본 말을 할 수 있다고 보았는지 부탁한다. 별 관심이 없었지만 밖에서 3시간 동안 우두커니 로비에 앉아 기다리기보다는 그들과 함께 나가 구경도 할 겸 나섰다. 당시 대유행이었던 소형 라디오(pocket transistor radio)가 불티나게 팔렸던 때라 모두 사느라 정신이 없다. 깨끗한 거리, 질서 정연하게 움직이는 사람들, 친절한 여점원들, 환한 조명과 단조한 음악, 처음으로 문명의 한구석을 보며 느끼는 바가 많았다. 천천히 지나다 어린이옷 진열장 앞에 섰다. 노란 털 스웨터가 너무 예쁘다. 지갑을 여니 미화 $7.00뿐, 내가 갖고 있는 전 재산이다. 유학생 1인당 미화 $50.00까지 교환해 주던($1.00=650환) 때였기에 많은 사람들이 여분의 돈을 마련하고 야미시장에서 돈을 달러로 바꿔 가던 때였지만 나에겐 $7.00이 전부였다.

덴버(Denver)를 향하여
- 헤거 박사와의 만남

편지로 사귄 헤거 박사(Dr. Hager) 가족이 사는 덴버를 향하고 있다.

헤거 박사는 美北長老教 指導者 養成委員에 나를 추천해 준 미국외
과의사협회섭외부장이며 장로교회의 長老, 平信徒會 會長職을 맡은
활동가이다. 그의 부인은 덴버교향악단(Denver symphony orchestra)
의 첼로 연주자(cellist)인 욜란다 헤거(Yolanda Hager) 여사다.

덴버공항에 도착, 짐을 갖고 내렸다. 욜란다가 나에게 다가와 제이
콥(야곱)을 부르며 악수를 청한다. 지성이 풍기는 부인으로 말이 부드
럽고 아름다운 미소를 가진 인상적인 부인이다. 긴 여행에 피곤하겠다
며 가방을 들고 주차장까지 함께 걸었다. 목걸이도 팔찌도 없이 허름
한 손목시계만 보인다. 큰 눈망울, 넉넉한 미소, 가정부인의 평범한 모
습이다.

집에 도착했다. 넓은 시립 공원이 내다보이는 3층 벽돌집이다. 창
너머 멀리는 하얗게 눈이 덮인 백년설百年雪이 보이고 바로 길 건너에
는 시립 골프장이 있어 수시로 뛰기도 하고 아이들과 함께 공놀이도

할 수 있는 넓고 아름다운 시립공원이다. 총 여덟 식구가 산다. 딸 셋, 아들 셋 그리고 부부, 나까지 합해서 총 아홉 식구다. 대가족이다.

　오후 4시쯤 식구들이 모이기 시작하고 헤거 박사를 위시해서 모두 긴 식탁에 둘러앉았다. 부모를 닮아 모두 크고 이목구비도 뚜렷하다. 각자 자기소개를 하고 나 또한 목사의 둘째 아들이고 결혼해서 두 살 난 딸 명아(明芽) 그리고 태중에 아이가 기다리고 있다고 말하고 미국에 유학 올 수 있게 이끌어 줘서 대단히 고맙다고 인사를 했다. 큰아들 로이드(Loyd)는 동양에서 온 청년과 같이 앉아 있는 것이 처음이라고 말하면서 기타를 집어 들더니 당시 미국 청소년들의 우상이었던 영국의 비틀스 그룹이 부른 〈I wanna hold your hand-너의 손을 잡고 싶어〉를 부른다. 똑같은 가사가 반복되는 노래라 쉽게 배웠고, 나도 답례答禮로 〈Oh Danny Boy… 아 목동아〉를 불렀다.

　설거지와 집 청소는 내가 하겠다고 자원했다. 잔디 깎는 것, 가을에 낙엽 긁는 것, 차고車庫 청소 그리고 밥도 짓고 때로는 불고기도 만들어 먹었다.

　나는 일곱 살 때부터 어머니를 도와 수제비도 만들고, 칼국수 방매이질도 잘해 아주 귀여움을 받았다. 썰고 뒤집고 볶는 데는 선수급이다. 하루는 한국식으로 밥을 지었다. 미국사람들의 밥 짓는 것은 쌀을 삶아 내는 것이지만 한국식으로 뜸을 들여 지은 밥은 정말 맛있다. 옆에서 이를 지켜보던 큰아들 로이드(Loyd)가 감자범벅(mashed potato)과 샐러드도 만들었다. 내가 만든 양배추김치도 대환영이었다. 추수감사절 같은 날엔 터키를 구워 먹지만 이날은 불고기가 메뉴였다. 마늘을 찧어 약간의 설탕과 함께 왜간장에 버무려 두었다가 양파와 함께 구운 불고기는 대환영이었다. 이 후로는 모두 '불고기'라고 발음도 정확하게 하면서 만들어 먹자고 조르기도 했다.

내가 아는 헤거 박사

흰머리, 6척의 큰 키, 보조개, 부드러운 목소리를 가진 분이다. 금테 안경 너머로 찾아오는 눈웃음, 이야기를 주고받을 때면 정감이 느껴지는 분이다. 독일계 미국인으로서 유전油田으로 부자가 된 아버지를 두고 있다. 공부도 잘해 의대醫大에 들어가 의사가 된 분으로 친구도 많았고 흑인에게도 차별 없이 의료혜택을 주고, 무료봉사도 많이 베푸는 분이었다. 한가할 때면 재즈(jazz) 음악인 딕시랜드(Dixiland)를 아코디언으로 연주하면서 시간을 보내는 분이다.

그는 홍익인간(弘益人間, devotion of mankind)의 모습이며 말의 억양도 느리고 부드럽다. 예수님의 가르침, "내가 너희를 사랑한 것같이 너희도 서로 사랑하라"는 말에 걸맞은 분이다. 모든 것을 뒤로하고 아프리카에 가서 의료봉사에 전념한 슈바이처(Schweitzer) 박사를 연상케 하는 외모에다 정이 많은 분이다. 한 달에 한 번씩 미국 원주민들이 사는 인디안 촌에 의료봉사를 나가곤 했는데 혼자 트레일러(trailer)를 운전하고 가서 다음 날 아침부터 저녁 늦게까지 의료봉사를 했다.

미국에서는 의사 변호사 하면 안정된 상류층으로 대우하는데 헤거 박사는 상류층이라 자칭하지도 않고 부유한 척하지도 않는 겸허한 분이었다. 나의 첫 편지를 받아 보는 순간 '도와주어야지!' 생각이 들었다는 것이다. 왜 그런 생각이 들었는지 후에 부인 율란다 여사에 의하면 나의 편지에서 젊은이가 꿈을 이루겠다는 열의와 의지가 대단하게 느껴졌다고 한다.

이런 청년이 꿈을 이루겠다고 발버둥치는 모습은 '되는 대로 살지… let it be' 하는 것에 비하면 대단한 꿈과 의지가 있는 청년이라는 인상을 받았다는 것이다. "젊은이여, 너의 꿈을 말하라. 꿈이 있는가? 꿈이 있는 사람은 내일을 위해 최선을 다하겠다는 의지가 있을 뿐만 아니라 힘이 넘친다."

인디안 촌이다. 아침이 밝아 온다. 나는 일어나 트레일러에서 오렌지주스, 토스트, 베이컨, 계란프라이로 아침을 만들어 헤거 박사와 함께 먹으면서 많은 얘기를 나누었다. 돈과 보험이 없어 병원에 가지 못하는 사람들을 찾아가는 의사가 별로 없지만 슈바이처 같은 분, 헤거 박사와 같은 분은 가끔 본다.

자치제로 되어 있는 인디안 촌은 술과 도박으로 피폐해 가고 있다. 정부에서 관여하지 않고 인디안 촌에서 자치적으로 운영해 나갈 수 있도록 재정보조만 해 주기 때문에 스스로 일어날 수 있는 능력과 자존감이 희박했다.

헤거 박사 내외

　헤거 박사는 수술을 요하는 환자는 현지에서 시술하고 큰 수술을 요하는 환자는 후원자를 찾아 큰 병원으로 안내했다. 의료보험이 없는 환자들이 고대하는 헤거 박사다. 주일 아침 덴버 집으로 돌아간다. 남녀노소 많은 인디언들이 헤거 박사를 환송하기 위해 나왔다. 북을 치고, 소뿔 나팔도 불고, 울긋불긋한 치마를 걸치고 춤을 춘다. 안녕히 가세요! 징을 울린다.

　헤거 박사와 나는 손을 올려 답례하고 먼 길에 올랐다. 헤거 박사는 도움이 필요한 사람을 만나면 그냥 지나치지 못하는 분이다. 환자 방문 때도 자상하고 따뜻한 얘기로 위로하고 시간에 쫓기지 않는다. 바쁘게 움직이는 의사들에 비해 늘 안정감을 주는 분이다.

　원주민 인디언들의 공통의 문제는 음주문화다. 늘 술에 취해 그 지역사회의 일이 제대로 운영되지 않고 또 남자들은 간질환으로 건강을 잃고 있었다. 이런 환경 아래서 자라나는 아이들의 꿈이 무엇이겠는가? 걱정이 된다고 하신다. 그러나 원주민 속에서도 온건한 생각과 노력을 기울이는 젊은이들이 있다는 한 줄기 희망이 보인다고 했다.

많은 얘기를 나누는 동안 어느덧 집에 도착했다. 욜란다 여사는 무척 반기면서 준비된 식사 테이블로 안내했다. 인디안 촌에서 지낸 2박 3일 동안 일에 대하여 자세한 이야기, 그동안 트레일러 안에서의 소찬小餐, 내가 간호사처럼 시중했던 것 등 말을 늘어놓았다.

저녁 식사가 끝나고 헤거 박사는 아코디언을, 부인은 첼로를 들고 그랜드 피아노가 있는 큰방으로 옮겼다. 나에게는 손수 만든 베이스 음(큰 양철통 가운데 구멍을 내어 긴 댓가지 꼭지에 가죽 끈을 탄탄히 연결시켜 튕기면 나오는 저음)을 주었다. 박자에 따라 그 줄을 튕겨 주면 되는 아주 쉬운 양철통 악기다. 그 양철통은 튕겨 주는 대로 굵고 투박한 저음을 내면서 제법 제구실을 잘했다. 소위 딕시랜드 뮤직(dixiland music)을 연주한 것이다.

부인 욜란다는 첼로는 물론 피아노 연주도 수준급이다. 욜란다는 악보를 넘기더니 나를 향하여 〈하나님과 내가 들을 걸으며〉를 함께 부르자고 제안했다.

가사도 좋지만 노래도 참 좋았다. 즉석에서 부르기 시작했다.

'하나님과 함께 들을 거닐 때 정다운 웃음 재미있는 이야기
손뼉 치며 부르는 노래 웃음이 가득 찬 그 들길
영원히 나와 함께 하시네'

헤거 박사 자녀들도 악기를 다룰 줄 안다. 첼로, 프렌치 혼, 비욜라,
아코디언, 기타 그리고 피아노다. 음악을 사랑하는 가족이다. 장남 로
이드(Loyd)가 기타를 어깨에 메고 신나게 줄을 튕길 때 보면 비틀스
기질이 농후했다.

헤거 박사 가족

미 북장로교
평신도 대회에 가다

화요일 아침 남자 성경공부 시간에 손양원 목사님에 대하여 서술한 《사랑의 원자탄》이란 책 내용을 바탕으로 이야기를 이어나갔다. 짧은 영어지만 손짓 발짓 해 가며 열심히 설명했다. 더러는 웃고 더러는 빤히 쳐다보았지만 나는 최선을 다했다. 이렇게 긴장해 보기는 난생처음이다. 참석자들은 웃지도 않고 심각하게(?) 듣는 것 같았다. 손양원 목사님이 자기 아들을 죽인 공비共匪 두 명을 양자로 받아들여 전도사를 만들었다는 대목에서는 모두 감동한 눈치였다.

헤거 박사가 얘기 좀 하자며 다가왔다. 두 주 후에 켄사스(Kansas) 주에 있는 위치타(Witchita)시에서 미 전국 북장로교 평신도들이 모이는 대집회가 있으니 같이 가면 좋겠다며 내 의견을 묻는다. 개최교회의 부흥회에는 가 본 경험이 있지만 2천 명이 모이는 큰 부흥회는 가 본 적이 없었기에 과연 어떠한 분위기인지 만나 보고 싶어서 "대단히 좋습니다!"라고 답했다.

목요일 아침 헤거 박사와 나는 8기통 올스모빌(Oldsmobile) 세단을 몰고 나섰다. 500마일이 넘는 거리다. 8시간의 거리다. 당시 나도 미국 운전면허가 있었기에 번갈아 가면서 운전을 했다. 주유소에 들러 휘발유도 넣고 커피도 마시며 목적지에 도착했다. 거의 같은 시간에 많은 사람들이 도착하여 짐을 풀고 있었다. 초면이지만 구면인 듯 서로 따뜻한 인사를 나누며 숙소로 들어간다.

금요일이다. 아침 9시. 약 2,000여 명의 평신도들로 꽉 찬 컨벤션홀엔 대형 스크린과 음향 시스템이 잘 준비되어 있고 기자들과 사진사들도 바쁘게 뛴다.

기자記者 한 사람이 나를 찾아와 아버지가 한국에서 장로교 목사냐고 물으면서 간증을 좀 해 주겠느냐 부탁했다. 영어가 부족해 못 하겠다고, 대신 독창을 하겠다고 자청했다. 곡명은 〈주 하나님 지으신 모든 세계〉였다.

대회장인 쉘(Shell) 목사의 개회사가 끝나자 사회자가 "한국에서 온 장로교 목사의 아들 제하(Jae Ha)가 찬송 한 곡을 부르겠다고 합니다."라며 나를 소개했다.

단상에 올랐다. 숨소리도 들리지 않는 조용한 홀, 많은 사람들의 시선이 한곳으로 모이는 순간이다.

"오늘 나의 친구이시며 의사이신 헤거 박사님과 함께 참석하게 된 것을 기쁘게 생각합니다. 나도 여러분과 같이 평신도의 한 사람으로서 참석하게 되었습니다."

허리를 굽혀 인사를 했다. 기다렸다는 듯이 오케스트라와 피아노의

우렁찬 전주가 터져 나왔다. 부르는 나 자신도 감격한 나머지 양팔을
활짝 폈다.

'주 하나님 지으신 모든 세계 내 마음속에 그리어 볼 때……
하늘의 별 울려 퍼지는 뇌성 주님의 권능 우주에 찼네.
내 영이 주를 찬양하리니 주 하나님 크시도다……'

이 찬송이 거의 끝날 무렵, 홀 저 뒤편에서 "하늘에 계신 우리 아버
지……" 〈주기도문(Lord's Prayer)〉 찬송이 울려 퍼지기 시작했다. 뒤
에 있는 서너 명이 시작한 찬송이 삽시간에 번졌다. 조용히 퍼지는 굵
은 합창 은혜의 순간이다.

'하늘에 계-신 우리 아 버-지…… 이름 거룩-하사…
주의 나라… 임하시고……… 아멘… 아-멘……!'

깊고 또 깊은 영혼의 울림이다. 더러는 찬송을 멈추고 숨을 고른다.

'주님 안에서 우리는 하나!' 뜨거움으로 평신도 대회가 시작됐다. 각
지역을 대표해서 평신도 대표들의 보고가 있었고, 전 회의록 낭독과
회계보고에 이어 현악 사중주(string quartet)가 연주되었다. '참 아름
다워라 주님의 세계는……' 처음부터 '부흥집회' 타입이다. 연합된 영

적 경험을 얻고자 미 전국에서 모인 평신도들이다. 내가 느낀 바로는 모두 '십자가 군병'들이었다.

　일주일 동안의 전국평신도대회는 끝나고 모두 집으로 돌아간다. 헤거 박사와 나도 차에 올랐다. 한참 운전하며 가야 할 먼 거리지만 이번 만큼은 예전과 달리 운전을 번갈아 할 수 있어 다행이다. 이번 평신도 대회에 대한 느낌이 어떠했느냐고 묻는다. "학문적인 신학 모임이 아니라 '너와 나와의 영적 교감'이 대단한 모임이었다."고 했다. 헤거 박사는 "미국이라는 나라는 바쁘게 움직이는 사회이기에 서로의 교감확률이 높지 않아 건조할 때가 있으나 이렇게 모여 함께 마음과 뜻을 모을 때 일어나는 힘은 대단하다. 함께 모으는 힘이 화산처럼 분출한다. 이런 현상은 어느 단체나 마찬가지겠지만 신앙과 이상에 목말라 있는 개인이나 집단은 하나로 힘을 모으는 데 탁월하다. 그런 의미에서 이번 평신도 대회는 성대하고 의미가 있었다고 본다."라고 했다. 이야기 하다 보니 어느새 주요소에 도착했다. 여기저기 놓인 파라솔 밑에 부부 같은 또는 연인 같은 여행객들이 커피를 나누며 이야기가 한창이다.

　미국의 고질적인 인종차별에 관해 이야기가 시작되었다.

　　"내가 외과 의사지만 의학적으로도 흑·백의 차별은 없다. 피부 바로 밑에는 똑같은 붉은 피, 흰 뼈, 내장, 심장 다 똑같은 생체구조다.

오래, 여러 세대를 거쳐 태양에 노출되면 검은색이 되고, 이렇게 여러 세대를 거치는 동안 그렇게 유전인자가 형성된다는 과학적인 설명이 있음에도 불구하고 인종차별이 존재한다는 사실은 부끄러운 일이 아닐 수 없다.

우월감의 문제다. 분명히 교만이다.

백인의 우월감, 빈부의 우월감, 신분의 우월감이 있는데 인간들의 우월감은 하나님도 멀리하시는 교만에 가깝다. 동물의 세계는 단순히 힘에 의해서 차별된다. 사자들의 세계도 거미들의 세계도 힘에 의하여 먹고 먹힌다. 그러나 하나님의 형상대로 지음 받은 사람은 거룩한 대우를 받아야 한다."

헤거 박사는 인간 평등에 대한 사상 즉 휴머니즘(Humanism)을 사랑과 용서에 연결해 말했다. 그의 삶이 증명하고 있다.

헤거 박사의 서거

나의 좋은 친구가 되어 준 헤거 박사가 당신의 사무실에서 숨진 채로 발견됐다. 저녁 식사 때면 틀림없이 귀가하시던 그분이 이날따라 소식 없이 거의 자정이 되도록 돌아오지 않아 부인 욜란다가 전화를 걸었으나 대답이 없다.

부인은 근심에 찬 얼굴로 나에게 다가와 지금까지 그런 일이 전혀 없었는데 연락이 안 된다는 것은 처음이라 말한다. 부인은 나에게 예감이 좋지 않다면서 함께 그의 사무실로 가 보자며 차고로 갔다.

사무실 문을 여는 순간 헤거 박사는 의자에서 떨어진 채, 손등엔 주사기가 꽂혀 있고, 머리는 푹 숙인 채 아무 말이 없다. 부인은 남편의 이름을 부르고 또 불렀지만 대답이 없다. 금테안경이 콧등에 걸린 채 푹 주저앉은 모습, 대답이 없다. 욜란다는 갑작스런 충격에 중심을 잃었다. 비틀거린다. 부추겨 집으로 돌아와 부엌 밥상에 팔을 고이고는 굵은 눈물방울을 쏟는다. 그의 죽음을 이해한다는 말을 미루어 보면 지나온 나날들 무한한 번민과 좌절 속에서 어려운 시간을 보낸 것이 분명하다.

이틀 후, 우편배달부가 갖고 온 남편의 마지막 편지를 들고 오열한다. 편지엔 먼저 간다는 말과 재산 정리와 사무실 매각에 대하여 간단히 쓴 마지막 편지다. 주먹만 한 눈물이 낙숫물처럼 떨어진다.

죽음이 신(神)의 결정이라면 신은 왜 정직하고 선한 사람에게 이런 슬픔을 안기는 걸까?…… 욜란다는 무척 슬퍼하며 괴로워했다. 나는 물을 끓여 커피 두 잔을 앞에 놓았다. 커피가 식도록 침묵이 흘렀다.

얼마 후 욜란다는 장의사에 연락하여 시신처리를 의논하고 장례식에 초대할 사람들의 명단도 준비했다. 부인이 속해 있는 덴버교향악단의 단장과 교회성가대 음악목사에게도 연락했다. 정신을 잃고 대성통곡을 할 만도 한데 부인은 놀라울 정도로 침착했다.

헤거 박사가 스스로 목숨을 끊었던 이유는 새로 병원을 짓는 데 받았던 은행융자에 대한 불이행이고, 새로 지은 진료소에 세 들었던 백인 의사 세 명이 헤거 박사의 흑인 환자들과 섞이는 것에 불만한 나머지 퇴거함으로써 은행 융자금 상환을 어렵게 만들었고 맏딸은 아버지가 둘째 딸을 더 사랑한다는 질투에서 말끝마다 대들었던 것이 또 하나의 요인이었다는 것을 후에 알았다. 일가 친척, 친구들 그리고 교인들이 줄을 지어 조문했다. 문상객 하나하나 따뜻이 맞이하는 욜란다는 눈물을 흘리면서도 미소를 잃지 않았다.

헤거 박사의 큰 위로가 되었던 교회 로버트 목사는 욜란다를 안으면서

"욜, 무척 슬프다. 이겨 내지 못했어…" 작은 목소리로 말하고는 천천히 걸어 나갔다.

바로 등 뒤에서 지켜보던 한 남자가 앞으로 오더니 욜란다를 안아 주면서

"욜란다… 마음이 얼마나 아프냐." 하며 끌어안는다. 옛날 사랑하던 애드워드(Edward)다. 남자의 굵은 목소리다. 욜란다는 옛 친구 어깨에 머리를 떨어뜨린 채 소리 없이 흐느낀다. 문상객들도 괴로운지 머리를 돌린다.

헤거 박사 장례식 날이다. 덴버에서 가장 오래된 웅장한 석조건물, 미 북장로교에 속한 유서 깊은 예배당 몬태뷰 장로교회다. 고인은 여기서 행정장로로 오래 일을 해 오는 동안 친구들이 많았을 뿐만 아니라 존경의 대상이었다. 교우 모두 그리고 의사협회 회원들 일가친척들 다 참석했다. 성심껏 돌봐주던 환자들, 흑인, 백인 다 모였다.

찬양대 지휘자이며 음악목사인 Love 박사가 지휘하는 40여 명의 합창대원은 헤거 박사를 보내는 조가弔歌로 시작했다. 헤거 박사의 장례식에 참석한 조문객들은 헤거 박사를 진심으로 사랑한 사람들이다. 40여 단원이 부른 〈나 같은 죄인살리신(Amazing Grace)〉 찬송은 고요하고 또 고요했다.

이 찬송이 끝나자 키가 큰 흑인 남자가 의자에서 일어나 "나는 고인의 친구로서 헤거 박사 가시는 길에 마지막 송가를 드리고 싶다."며 굵

은 목소리로 찬송을 불렀다.

'하나님이시여! 나를 아브라함 품에 잠재우소서!'
'하나님이시여! 나를 아브라함 품에 잠재우소서!'
(Rock my soul in the bossom of Abraham-----)

같은 소절이 반복되는 영가靈歌지만 가슴에 스미는 소리다. 저 깊은 데서 울려 나오는 소리로 거룩함이 있었다. 온 조객들도 이 영가靈歌를 잘 아는지 함께 부르는 소리가 조용히 들렸다.

헤거 박사는 고민苦悶을 혼자 안고 가신 분이다. 부인은 몹시도 괴로 워했다. 헤거 박사가 의과대학 학생일 때 음악회의 첼로연주자로 워싱턴시에 왔을 때 만났다. 당시 욜란다를 사랑하던 남자가 있었지만 욜란다는 헤거 박사를 택해 결혼했다. 슬하에 6남매를 두고 다복하게 살아오는 이 가정에 이리 큰 슬픔이 있을 줄을 누가 짐작이라도 했겠는가! 부인 욜란다는 갑작스런 참변에 불안한 나머지 얼마 동안 말을 잃었다.

나는 홀로 된 욜란다 여사에게 현실을 받아들이고 온 가족이 살아가야 할 내일을 위해서라도 바빠야 되고, 천당에서 만나게 될 것이라며 내일을 위해 마음의 평정을 찾자고, 힘을 내자며 친구들과 자주 만나고 심포니에도 자주 나가 공연도 하며 삶의 순간순간을 다시 시작하자고 약속했다. 욜란다는 말이 떨어지기 전에 고개를 끄떡이면서 얼룩진 얼굴에 웃음을 그렸다. 도울 방법도 없고 아는 친구도 없는 내가 무슨 도움이 되겠냐마는 욜란다는 미소를 지으며 응답했다. "세 살 난 아이 말도 귀담아 들어라."는 우리 속담을 아는 듯 모르는 듯 고개를 끄떡였다. 길게 애통하지 않고 쉽게 슬픔에서 벗어나는 미국 사람들의 모습처럼 욜란다도 예외는 아니다. 의자에서 일어났다.

학교에 등록하러 가다

　다음 날, 덴버 대학교(Denver University)에 등록하러 갔다. 외국 학생 指導선생(Foreign student adviser)을 만나 인사를 나누고 등록을 마쳤다. 연세대학교 본관으로 들어가는 길 양쪽에 줄지어 선 백양목과 담장넝쿨이 올라간 본관건물에 정이 들었던 나였기에 비슷한 덴버 대학 캠퍼스가 무척 아름다웠다.

　덴버는 로키산맥에 위치한 1마일 높은 지대로 맑은 하늘, 시원한 공기, 흰 구름과 눈으로 덮인 로키산맥이 병풍처럼 둘러싸였고 거리의 꽃들은 아주 깨끗하고 진한 색깔로 단장하고 있어 너무나 아름답다. 샛노란 단풍이 미풍에 나부끼면 산천이 춤을 추는 듯 금빛으로 황홀하다.

　세계 각국에서 온 학생들과 인사를 나누고 三三五五 作伴하여 학교 공부에 대한 설명을 듣고 의논한다. 역시 서구학생들의 영어 실력이 우수해 보였지만 필리핀에서 온 Jojo라는 여학생이 유창한 영어로 그룹을 리드해 나갔다. 미국의 식민지로서 50년 동안 살아온 필리핀 사람들의 생각하는 것이 미국적이다. 영어를 사용하였기 때문에 영어 사용엔 문제가 없었다. 필리핀 여자들은 시집가면 시어머니의 First Name(이름)을 부른다. 동양인으로서 서구화된 셈이다. Jojo라는 여학생과 앉아서 많은 얘기를 나눴다. 정치학 박사 학위가 끝나면 필리핀으로 돌아가 정계에 입문한다는 얘기다. 벌써 꿈을 이루기 위해 구체적으로 노력하고 있는 여학생이었다. 다음으로는 이사벨(Isabel)이라는 이스라엘 학생이다. 검소하게 차려입고 화장기도 없이 서툰 영어 발음으로 자기소개를 하는데 애국심이 대단하다. 자기 나라에서는 여자들도 병역의무가 있으며 그 의무를 수행하는 것이 대단한 영광이며 명예라 한다. 남자만이 총칼을 들고 전방을 지키는 것으로 생각했던 나에겐 새로운 이야기였다.

캐냐에서 온 쿰바라는 학생은 고체석유화학을 연구하러 온 학생으로서 말도 잘하고 조리도 있어 보였다. 미국의 인종차별에 대한 자기 의견을 내놓으면서 "우리 피부 바로 밑에는 모든 사람들이 갖고 있는 똑같은 색의 피가 흐르고 있다. 피부색은 다르지만 우리 뇌는 똑같은 색이다." 아프리카 특유의 태번(둘둘 마른 모자)을 만지며 말을 이어갔다. 헤거 박사의 말과 같다.

영국, 프랑스 등에서 온 학생들은 별로 말이 없다. 영어가 통하고 생활양식이 비슷해서인지 별말이 없고 자신들의 전공에 대하여 간단히 말하고는 앉았다. 한국 학생은 나 하나였다. 한국의 남북애육원이라는 고아원에서 일했으며 사회사업학을 전공하러 왔다고 간결하게 얘기하고 앉았다.

나는 박사학위가 꿈이 아니었다. 소셜워커(social worker, 사회복지사)가 되어 한국의 불우아동 특히 고아원에 있는 아동들의 권익과 삶 그리고 꿈을 심어 주고 싶었다. 아동들이 겪고 있는 衣食住의 문제와 사랑과 배려 그리고 희망이라는 가슴의 소리를 들려주고 싶은 것이 나의 바람이었고 꿈이었다.

서울 상도동에 있던 남북애육원(南北愛育院)의 총무로 일할 때 느낀 바가 있어서다. 사회복지에 대한 공부를 하면서 복지라는 실상에 접목시켜 보다 나은 삶을 지향할 수 있게 격려 내지 지도할 수 있기를 바람에서다. 차차 공부하면서 복지와 종교성(믿음)의 관계를 연구하기 위해 멕코믹 신학대학의 종교사회학 석사 코스에 들어갔다. 이름하여 Church and Community(교회와 지역사회)다. '예수님을 따르는 한 사람으로서, 교회의 일원으로서 사람을 사람대로 대우해야 한다'는 신념에서다.

멕코믹 신학대학원 교회사회학(Church and Community)은 이 분야에서 선구자적 역할을 자처自處했다. 초대 학장은 쉐케리언 박사(Dr. Chacarian)다. 유대계 학자로서 사회복지정책 및 시행에 관심이 많고 일리노이 주립대학 특히 사회사업 대학과의 연대로 인하여 많은 일꾼들을 길러낸 선구자이다.

한국에 가서 보건복지부와 협력하여 한국의 복지정책 구상에 기여하신 바가 크다고 얘기를 들었다.

공부하며 일하며

아내는 내가 떠난 그다음 날 딸을 낳았다. 언니가 살던 조그만 방을 얻어 살면서 생계를 유지하려면 최소한 생활비는 있어야 하기 때문에 무슨 일이든지 나는 해야만 했다. 친정과 媤家에서 도움은커녕 오히려 도움을 바라는 형편이라 나의 재정적 지원 없이는 아내와 가족 모두 곤궁한 상황에 놓이게 되기에 최소한 죽이라도 끓여먹을 돈은 보내야만 했다. 매달 최소 $30.00, 시간당 $1.25. 25시간 일해야 30불을 벌 수 있다.

주말이면 아침 7시에 출근해서 회사 지시에 따라 30파운드짜리 물걸레로 병원 8층에서 5층까지 닦는다. 처음에는 걸레를 밀고 당기며 허리가 아플 정도로 걸레질을 했다. 슈퍼바이서가 지나가다 멈추고는 걸레질 요령을 가르쳐 주었다. 그것도 요령이 있다. 일단 걸레 작대기를 잡으면 여자와 함께 왈츠(waltz) 춤을 추듯 몸을 좌우로 크게 움직이면서 뒷걸음질을 하라는 것이다. 이때 배운 왈츠(waltz)식 걸레질은 지금도 우수하다. 한 가지 금지조항이 있다. 궁둥이를 움직이면 안 된다. 방향을 잃기 때문이다. 어깨에 힘을 주라는 것이다.

미국의 노동윤리는 "열심히 일하며 살라!"는 것이다. 기독교 윤리다. 일하지 않는 자는 먹지도 말라는 잠언의 말씀처럼, 일은 곧 생명이다. 누가 보든 안 보든 열심히 일한 만큼 보상을 받는다는 것은 누구나 다 아는 상식이다. 일을 안 하고 빈둥거리면 천대받는다. '네가 힘들면 내가 좀 해 줄게'가 아니다. 힘들면 일을 적게 하고 아니면 그만두라는 얘기다. 성과를 내지 못하면 일을 주지 않는다. 그러나 성심껏 일하는 모습이면 친절히 가르쳐 주며 일을 돕는다. 방학 3개월 동안 열심히 일했다. 마지막 날 불러서 내년 여름에 다시 오라고 약속한다. 열심히 일하면 기회는 있다. 아버지와 자식 간에도 노동윤리는 철저하다. 하루는 힘 좋은 흑인 친구가 마루의 때를 벗겨 내고 광을 내는 기계, 버핑머신(buffing machine) 사용법을 가르쳐 주기에 열심히 익혀 선수가 됐다. 시간당 25전이 올라 $1.50이 되었다. 25시간 일하면 아내에게 보낼 $37.50이 만들어진다. 주말이면 이 돈을 들고 우체국에 가서 편지와 함께 보낸다. 이날이 제일 행복하다. 이 돈을 받을 아내를 생각하면 쌓였던 피곤이 풀린다. 힘들어도 힘든 줄 모르는 것은 두고 온 가족의 힘이다. 내가 함께 있지 못하는 상황에서 아이들과 열심히 살아가는 아내 생각을 하면……

하루는 나무 전정剪定하는 회사(Wilhelm Tree Trimming Company)에 일자리를 얻었다. 병원에서의 걸레질보다 보수가 훨씬 많았다. 시간당 $3.00이다. 걸레질의 두 배 이상이다.

전기톱을 허리에 차고 나무 높이 올라가 가지를 잘라 지상으로 떨어트리는 작업이다. 윌헬름 전정회사(Wilhelm Tree Trimming Company)는 나무에 관한 일을 모두 맡아 하던 회사다. 나뭇가지를 잘라 지상으로 떨어트리면 주워서 작살을 내는 기계(chopping machine)에 넣어 잘게 썰어 차에 뿜어 올린다. 나뭇가지를 잘못 집어넣으면 사람이 기계에 딸려 들어갈 수도 있는 위험한 노동이지만 주의 사항을 잘 지키면 할 만한 일이었다.

새벽 6시 차를 몰고 안개가 감도는 동리에 들어가 활짝 핀 꽃나무들, 여기저기서 들려오는 새소리, 강아지 짖는 소리, 고향에 온 듯 자연이 안겨 주는 고요함은 무엇으로도 대체할 수 없는 기쁨이었다. 근심 걱정을 조용히 비켜 가는 고요함에 안식을 경험하는 시간이다.

아침에 모든 일을 끝내고 도시락을 풀었다. 집에서 챙겨 온 땅콩버터 샌드위치 그리고 우유병이다. 그리고 오렌지 하나. 나의 애찬(愛餐)은 땅콩버터 샌드위치(peanut butter sandwich)다 미국에 오면서부터 줄곧 먹지만 물린 적이 없다. 식사 후 30분 쉬는 동안 파란 항공엽서를 꺼내 아내에게 쓴다. 일기처럼 써서 보내면 아내는 읽고 베개 밑에 두었다가 또 읽는다고 했다.

내가 미국 와서 그렇게 기다리던 아내의 편지다. 욜란다가 한국에서 편지가 왔다며 예쁜 접시에 받쳐 밥상 위에 놓은 소식이다. 아이를 낳고 병원 침대에 엎드려서 쓴다는 두 줄의 편지다. "어제 명원이를 낳았어요. 꼭 당신 닮았어요. 지금 엎드려 쓰느라 아파서 길게 못 써요. 다음 편지에 자세히 쓰겠어요. 몸 잘 돌보시고 건강해야 해요, 榮" 두 줄이지만 침대에서 엎드려 쓴 편지다.

하버드 대학생과

여름 방학이 시작되면서 하루 여덟 시간, 주 엿새 일을 했다. 하루는 젊은 미국 대학생 로버트라는 청년과 함께 일을 했다. 여름 방학 동안 하는 일이다. 개인 집 지하실 콘크리트 바닥을 깨고 파이프를 묻는 일인데 여름이라 무척 더웠다. 통풍通風이 잘 안되는 지하실이라 숨이 막혔다. 85파운드가 되는 잭 햄머Jack hammer 시멘트 바닥 또는 고속도로 바닥을 깨는 기계를 아침 7시에 시작해서 오후 3시 30분에 끝난다. 덜덜거리는 기계를 잡고 여덟 시간 일하고 나면 가만있어도 손이 떨린다. 수저를 쥘 수가 없다.

아침에 커피 시간 15분, 오후에 15분 하고는 계속 움직인다. 로버트는 시간을 정확히 지키고 일도 열심히 한다. 빈둥거림이 없다. 보통 건축노동자들은 눈치 보며 일하는 버릇이 있어 슈퍼바이서가 없으면 일을 쉬엄쉬엄하는 것이 통례로 되어 있지만 로버트는 예외다. 철저하고 정직하다. 점심시간과 커피 시간을 제외하고는 거의 7시간 계속 덜덜대는 기계를 꽉 붙잡고 움직였다. 계속된 진동 탓으로 먼지가루가 방을 꽉 메우고 손이 떨려 커피 잔을 들 수 없을 정도였다.

점심을 함께하면서 하버드 대학교에 대한 이야기, 가족이야기 등 얘기를 많이 들었다. 미국 청년이 이런 힘든 일을 한다는 것이 드물지만 로버트는 열심히 일하는 젊은이였다. 내가 알고 있던 것과는 달리 열심히 하기에 물었다.

"좋은 사무실 일도 많은데 왜 이런 막 노동을 하느냐?" 그의 대답은 "우리 아버지가 이 회사 사장인데 오늘은 여기서 일해 달라고 부탁하셔서 왔다."며 여름방학 동안 계속 일해서 등록금을 마련한다는 것이다. 큰 회사 사장의 아들이 이 힘든 일을 하고 있다는 사실에 놀랐다. 허름한 옷차림으로 땀을 흘리는 자연스러운 모습, 큰 건설회사 사장의 아들 모습에서 또 미국을 배웠다. 보통의 부잣집은 내가 돈이 필요하면 아버지가 도와주는 것이 당연하다고 인식되어 온 사회풍조에 비하여 나에게는 새로운 충격이 아닐 수 없었다. 자립정신이 어려서부터 접목되는 모습, 자립정신을 존중하는 사회! 가슴이 뭉클했다. 지금의 한국 사회도 이런 정신으로 거듭나는 모습이 자랑스럽지만, 옛날에는 원해도 그런 환경이 주어지지 않았고 자유당 시절 빽 있고 돈 있는 자식들이 기를 피고 살던 때라 그런 질문이 자연스럽게 나온 것이다.

일이 끝날 무렵 사장님이 오셨다. 일당을 주기 위해서다. "밥, 집에 갈 시간이다."라고 하자 그 청년이 "아버지, 오셨어요?" 그 사장님이 바로 자기 아버지다. 그렇게 착실하게 열심히 일한 젊은이의 아버지가 사장이라니? 조용한 충격이었다.

아버지가 수표를 건네주면서 "어떻냐?"고 하자 아들은 "괜찮아요. 다 했어요."라고 한다.

둘이 주고받는 대화에서 상호 존중하고 사랑하며 자립을 권장하는 모습 자식을 사회의 독립된 일원—員으로 키우는 아버지, 이를 당연한 것으로 받아들이며 땀 흘려 일하는 젊은이에게서 많은 감명을 받았다.

졸면서 집에 왔다. 대단히 피곤하다. 샤워실로 들어갔다. 땀에 젖은 몸에 시원한 물줄기가 와 닿는 순간 행복했다. 찬물, 뜨거운 물이 나오고 소나기처럼 쏟아지는 샤워기에 머리를 들이대고 있는 순간 내일 또 일할 수 있는 힘을 느낀다. 잠깐 숨이 막혀 코를 풀었다. 양쪽 콧구멍에서 대추알만 한 진흙덩어리가 툭 떨어졌다. 시멘트 먼지가 진흙이 되어 튀어나온 것이다. 힘들고 피곤해도 하루가 지나면 또 하루를 견딜 수 있는 힘이 솟는 것은 젊어서다. 옛 어른들이 "젊어서 고생은 돈 주고도 못 산다."라고 한 말이 생각난다.

폭풍 속의 탈출

아내와 두 아이들을 잡아 놓으려는 어머니 감시에서 벗어나야만 했다. 공항으로 나온 아내는 이렇게 말하고 있다.

"아이를 뺏으려는 시어머니를 피해 억수로 쏟아지는 비를 무릅쓰고 공항으로 갔다. 영화 〈Sophie's choice〉의 장면처럼 아이 하나를 뺏으려는 나치군의 협박에 소스라친 엄마 쏘피아가 깊은 고민에 빠졌듯이, 나도 밤마다 양팔에 잠든 두 딸을 번갈아 보며 어느 아이를 두고 가야 할지 고민했다. 누구 하나 엄마 품을 떠나 할머니 밑에서 살 수 있을까 걱정에 잠을 이룰 수 없었다. 의사(바로 위의 형님) 아버지와 엄마와 떨어져 할머니와 고모들과 살아야 하는 조카들을 볼 때에 어느 하나도 떼어 놓을 수 없다는 것을 절감했다. 아이들을 떼어 놓으면 불행할 것이라는 두려움에 잠을 이루지 못했다. 어떠한 일이 있어도 두 딸과 함께 간다. 마음을 다짐했다.

천둥이 치고 비가 쏟아지기에 비행기가 뜨지 않을 수 있을 것이라는 생각에 승객들은 안절부절했으나 나의 마음은 그지없이 평온했다. 이대로 죽는다 해도 나의 사랑하는 두 딸이 지금 나와 함께 있고, 미국에 있는 남편은 젊으니 걱정할 바 없겠다고 생각했다. 비장한 순간이었다.

가끔 시가媤家를 방문하면 할머니와 세 고모들 사이에서 주눅 들어 기를 피지 못하는 조카들을 보고 마음에 다짐했다. '우리는 함께!' 어떠한 경우에도 떨어져 살지는 않는다! 아이들이 태어난 이후 할머니는 한 번도 아이들을 품에 안으신 적이 없다. 보통 할머니 하면 따뜻하고 부드러움의 대명사처럼 생각이 되지만 나의 어머니는 그렇지 않았다. 차갑고 무서웠다. 큰조카 종만鐘晩이와 동생 명미明美는 공부는 서울에서 하는 것이 좋다는 시어머니 주장에 의무관인 아버지는 두 아이들을 어머니에게 맡기고 부대로 돌아갔지만….

큰아들 종만이는 '방학이 되어 아버지 어머니 곁으로 가는 날이면 하늘이 파랗게 보이고, 방학이 끝나고 할머니 집으로 오는 날엔 하늘이 새까맣게 보여요' 하며 서글퍼 울 때 어린아이가 얼마나 시련을 받았으면 그렇게 묘사할까…… 부모를 향하여 갈 때와 할머니 집으로 올 때의 느낌이 이렇게 다를 수가 있을까? 우리는 함께 생사를 같이하기로 다짐했다.

다행히 억수같이 내리던 비는 끝이고 비행기는 하늘로 올랐다. 맑고 밝은 하늘이다. 승무원이 주는 선반 같은 작은 침대에 명원이를 눕

히고 명아는 옆자리에 앉아 나일론 포대기를 만지작거리며 졸고 있
다. 우리 셋은 모두 아빠에게로 가고 있다. 새 하늘과 새 땅을 꿈꾸듯
이……."

가족과 재회

아내에게 비행기표를 보내고 서서히 살림준비를 시작했다. 비행기 표는 환불할 수 없는 non refundable로 보냈다. 왜냐하면 그 비행기표를 현금으로 반환 받으려는 어느 노력도 차단하기 위해서다. 그렇지 않아도 어머니는 비행기표를 반환하여 둘째 딸 정애가 동남아 무용단 순회공연 팀에 참여할 수 있도록 내라는 것이었다. 그러나 그 표는 환불 불허! 잘한 일이다.

주택가 2층에 월 35불짜리 셋방을 계약하고 구세군 고물 점에 들러 식기 등 생활용품을 샀다. 식품점에서 아이들에게 줄 우유와 바나나도 사다 놓았다.

신이 난다.

구멍탄 불에 의존하던 한국의 부엌보다는 가스와 찬물, 뜨거운 물이 흐르는 미국의 부엌은 말할 필요도 없이 너무나 편리하다. 아내가 좋아할 환경이다. 주말이면 먹을 것을 챙겨 가족과 함께 들놀이에 나갈 수도 있는 여유, 사는데 있어서 모든 것이 가능하고 편리한 문화시설,

간섭할 사람이 없는 세상, 마음껏 공부하고 돈 벌 수 있는 세상, 내가 하는 만큼 주어지는 세상 이 모두가 나의 꿈이라는 포도나무에 달린 포도송이 같다. 포도송이같이 아이들과 가족이 함께 모여 사는 세상! 즐겁다 그리고 또 즐겁다.

혹독한 추위에 칸막이도 없는 쪽마루 밑에서 손을 호호 불어 가며 밥을 짓던 아내가 이제는 집 안에서 밥 짓고 빨래하고 TV도 볼 수 있으니 이것이 별천지가 아니면 무엇이겠는가! 운명처럼 받아들일 수밖에 없었던 모든 어려움이 안개처럼 걷히고 새 하늘과 새 땅을 보는 듯 어두움이 가고 새 나라를 찾아 온 느낌이다. 온 가족이 함께 사는 세상, 아이들이 가까이 엄마 아빠를 부르며 노는 세상, 살 만한 하다고 흐뭇해한다. 열심히 또 열심히 살면 우리가 행복해질 수 있는 나라, 꿈의 나라다. 나의 미국으로의 꿈-My American dream은 나에게 그리고 온 가족에게 힘이 되었다.

2층 동쪽을 향한 나의 아파트에는 아침이면 가로수 사이로 들어오는 햇살이 너무나 아름답다. 감미롭게 들려오는 아침 새소리, 흥겹게 지절대는 아이들의 소리, 어디선가 경쾌히 튕기는 기타소리, 별천지다. 우리에게 이런 날이 올 것이라고 누가 꿈엔들 생각했겠나.

일을 끝내고 샤워할 시간도 없이 공항을 향했다. 보슬비가 내린다. 1941년형 24년 된 고물차를 몰고 공항에 도착했다. 차를 세우고 승객 출구로 갔다. 승객들은 다 나가고 마지막 두 딸과 아내가 나온다. 큰딸 명아는 엄마 허리춤을 잡고 아내는 가방을 둘러메고 나서 처음 보는 명원이를 안고 나온다. 감격스럽고 또 감격스러운 조우遭遇다. "잘 왔소!" 한마디. 품에 안은 명원이를 조심스레 건네주면서 "이 애가 명원이에요." 한다.

김포공항을 떠날 때 그리 걱정했던 아이다. 길거리에서 아니면 택시 안에서 분만할 뻔했던 아이다. 그 명원이가 지금 내 품에 안겼다. 생소해서인지 울어댄다. 아이를 건네주며, "당신 정말 고생이 많았어. 나 없는 지난 열 달 동안 혼자서 사느라 욕봤소." 여자는 눈물이 많다고 하는데 아내도 예외는 아니다. 양 볼에 눈물이 줄줄 흐른다.

모든 역경을 이겨 낼 수 있었던 것은 꿈이 있었기 때문이다. 지금 우리는 열심히 일하고, 배우며 살 수 있는 꿈의 나라에 왔다. 서로 사랑하며 하나하나 꿈을 이루어 나갈 수 있다는 자신과 믿음이 있었기에 아내와 나는 가난했지만 내일을 향한 꿈은 대단했다. 공부하기를 그렇게 원했던 아내와 나에게는 미지의 세계, 그것은 미국이었다. 어떻게 먹고사느냐 하는 절박한 상황에서도 "당신은 가야만 해. 여기 일은 내가 알아서 할 테니……." 하며 눈물로 나를 보낸 아내가 아닌가! 눈이 오면 눈 속에서, 비가 오면 비를 맞으며 기다리던 아내와 아이들… 모든 것을 이겨 내고 아빠를 찾아왔다.

나는 아내를 힘껏 안았다.

자동차를 앞에 댔다. 1941년도 chevy, 나에겐 유일한 자가용이다.

오래된 차라 그런지 덜덜거린다. 달릴 때면 차의 앞쪽이 아래위로 튕기지만 그런대로 잘 움직이는 나의 유일한 자가용이다. 앞좌석 의자는 seat가 헤어져 헌 담요를 접어 깔았다. 뒤에는 baby-seat를 걸어놓고 명원이를 앉혔다. 명아는 엄마 무릎에 앉아서 좋아한다. 명원이는 울어댄다. 늘 엄마 품에 있다가 처음으로 차 뒤에 혼자 앉으니 불안한 모양이다. 엄마 무릎에 앉혔다. 차가 조용히 구른다. 공항 좌우에 서 있는 가로등은 달 가듯 지나가고 활주로의 파란 불빛은 아름답다. 창을 닦아 주는 windshield wiper는 천천히 작동하고 라디오에서는 음악이 흘러나온다. 아내는 좋아서 입을 못 다문다. 세상에 배꼽 떨어지고 자가용은 생각도 하지 않았고 남의 자가용도 타 본 적이 없는 터라 차의 모양이 어떻든 상관없이 우리도 자가용이 있다는 사실 하나만으로도 큰 부자나 된 세상에 태어나 처음 느껴 보는 감정이다. 처음으로 가족이 함께 드라이브를 한다.

적은 단칸방 아파트에 도착했다. 짐 몇 개 들고 올라갔다. 그리고 명원이를 안고. 아내는 신기한지 두루 살펴보더니 "아파트가 참 좋네요!" 감탄을 한다.

"당신 건강한 모습 보니 정말 안심이 돼요. 식사는 잘해요?" 묻는다.

"응, 잘 먹어. 먹지 않으면 일을 할 수 없으니까…." 간단한 대답이다.

"그건 그렇죠." 준비한 땅콩버터 샌드위치(peanut butter sandwich)를 꺼냈다. 아내에게는 처음 드는 미국 샌드위치다. 생전 처음으로 먹어 보는 이 빵, 처음 먹는 사람에겐 기가 막힌 빵이다. 아이들은 바나

나와 아이스크림을 정신없이 먹는다. 아이 둘은 곧 잠에 들고 나는 아내와 오랫동안 못 했던 이야기를 풀어놓았다. 내가 미국에 오고 다음 날 명원이를 낳은 이야기, 택시를 못 잡아 길에서 아이를 낳을 뻔했던 일, 친구가 미역국을 끓여 준 일, 도우미가 없어 명아가 고생한 이야기, 내가 떠나고 첫 크리스마스이브에 아이 둘을 양쪽에 껴안고 지낸 이야기, 친구들이 찾아온 이야기 등등 평시라면 그런 이야기들이 별 소식이 아니겠지만 지금 듣고 있는 나에게는 수백 번을 반복해도 싫지 않은 얘기다.

첫 자가용 : 41년도 쉐보레

한인 교회에 가다

이민 온 지 오래된 교포의 가정에서 주일예배를 드린다. 이 집의 남편은 은행원, 부인은 가정주부로 대학 다니는 딸과 같이 사는 개인 주택이다. 주일이 되면 약 20명 정도 모이는 곳에서 접는 의자에 앉아 주일예배를 드린다. 예배 후에 갖는 점심이 모임을 풍성하게 한다. 학생들은 대부분 기숙사에서 살기 때문에 멀리 있는 작은 일본 식당 말고는 갈 데가 없다. 여기 임 권사 댁에서 베푸는 점심은 고대하는 김치에 된장찌개, 풋고추, 일미다. 식당에 가면 대부분 이야기를 나누며 식사를 하지만 여기 임 권사 댁에서는 금방 해치운다. 오랜만에 먹는 한식이라 그리고 개인집에서 권사님이 손수 만든 음식이기에 맛이 있다. 유학생들이 얼마 안 되지만 적은 대로 헌금을 하고 때로는 한국에서 온 건어포乾魚包 같은 것을 들고 오기도 한다. 밥과 김치 그리고 된장국, 개인 집이 아니면 도저히 즐길 수 없는 고향음식이다.

목사님 없이 참석자들이 돌아가면서 간증식으로 드리는 예배모임이다. 찬송만으로도 위로를 받고 서로 형제자매 됨을 느낀다.

식사 후에 간단한 여흥 순서가 있다. 계획된 것이 아니고 즉석에서 노래 부르기, 현악중주 그리고 슬라이드 상영 등 재미있다. 위로가 된다. 각자의 장기자랑도 즐겁다.

늘 정성껏 맞이해 주는 임 권사에게 까만 스커트를 선물했다. 임 권사는 위층 침실에 가서 갈아입고 내려왔다. 옷이 딱 맞는다. 모인 사람들이 만들어 내는 코멘트에 기분이 좋았던지 음식 서비스가 더 바쁘다.

메리 크리스마스! 모두 캐럴도 부른다. 바이올린, 첼로, 피아노 즉흥 연주가 시작되었다. 모두가 잘 아는 크리스마스 캐럴을 이어 가며 부른다. 이런 해프닝은 그리 흔치 않다. 이런 기쁨이 있기에 내일 또 기쁘다. 아픔이 있을지 모르는 내일이지만 이 잠깐의 기쁨은 아는 듯 모르는 듯 소리 없이 흐른다.

외로움 속에서도 허탈감 속에서도 좌절한 상태에서도 자력구제自力救濟를 하는 방법은 순간순간 얻는 기쁨을 가슴에 머리에 담고 다음을 사는 것이다.

아내의 첫 일거리

아이들이 잠든 동안이라도 일을 해야겠다고 작심한 아내는 임 권사의 소개로 첫 일거리를 얻었다. 빨래 다리미질(ironing)이다. 여자 옷, 이불 홑청 등 큰 빨래바구니로 하나다. 돈은 한 바구니에 $3.00이다. 한국 돈으로 환산해 보니 650:1 총 1950환이다. 꽤 많은 돈이다. 아내는 아이를 업은 채 온 종일 다렸다. 다음 날 또 다렸다. 아이를 엎고 대리미질을 하다 보니 허리에 통증이 왔다. 하루는 피곤하여 아이를 아래층에 내려놓고 2층 욕탕에서 빨래를 하는데 갑자기 뒤에서 누가 잡아당긴다. 돌아보니 명원이였다. 열 달 된 아이가 그 긴 층계를 기어올라와 빨래하고 있는 엄마의 뒤를 잡았다.

교회 부인회 부탁으로 앞치마도 만들어 팔았고, 유기그릇도 반질반질하게 닦았다. 무엇이든지 적든 크든 일이라면 가리지 않고 다했다. 아내는 한국에 있던 지난 1년 동안 남편이 고생 고생해서 보내 준 월 $30.00이 얼마나 큰돈이었는지 새삼 느낀다고 하면서 열심히 일했다.

아내가 몇 주일 계속 일해서 번 돈이 $40.00이다. 아내는 그 돈을 주면서 한국에 계신 시어머니의 치아가 좋지 않으니 보내 드리자고 제안했다. 가난하게 살아온 목사의 부인 잇몸이 아프시다니 돕자는 제의다. 구박을 주던 시어머니지만 선뜻 돈을 보내자는 진심이 보였다. 기쁜 마음으로 송금했다.

덴버 동리 공원에서 명아, 명원

헤이스팅스
대학(Hastings College)을
향하여

덴버에서 네브라스카에 있는 작은 교육도시 헤이스팅스(Hastings)
까지 400마일, 100불 주고 산 1941년도 Chevy를 몰고 간다. 이삿짐이
라야 옷가방과 주방도구다. 장거리 여행이라 뒷좌석 마루엔 널빤지를
깔고 그 위에 헌 담요로 두 아이들의 잠자리를 만들었다. 아이들은 넓
어진 공간에서 춤도 추고 노래도 부르며 가고 있다.

옥수수밭과 콩밭으로 한없이 뻗은 농토와, 유유히 펌프질을 하고 있
는 유전油田 그리고 뜨거운 햇볕과 열기熱氣가 앞을 가리는 뜨거운 벌
판이다. 미국에서 콩 농사로 유명한 곳이다. 산도 없고 강도 없다. 가
도 가도 끝이 없다. 끝도 없는 광야이지만 푸른 콩, 옥수수가 뒤덮인
광활한 벌판, 고속으로 지나가는 자동차뿐 영화에서 보던 끝도 안 보
이는 하이웨이다.

주유소에 들러 기름도 넣고 아이들 간식도 찾아 주면서 거의 열 시
간 걸려 Hastings에 도착했다. 피곤은 무슨 피곤, 멀고 먼 거리지만 멀
다고 느끼지 못하고 잠깐 만에 온 듯 즐거웠다. 함께 가는 길은 즐거웠

다. 아내는 이야기하다가는 졸기도 하고 여유로웠다.

조그마한 도시, 인구 10만 정도다. 도심에서 떨어진 작은 곳 허름한 2층 다락방(attic)을 월 20불에 얻었다. 오랫동안 비었던 방이라 누추한 것을 깨끗이 청소하고 아이들의 그림놀이 하는 작은 책상을 밥상으로 대신하고 침대 없이 매트릭스(mattress)만 깔고 지낸다. 여기서 1년 공부하고 시카고로 갈 처지라 모든 것이 피난살이 같은 살림살이다. 방 하나의 다락방이지만 부엌과 변소가 있다. 쪽마루 밑 구멍탄 불에서 밥 짓던 어제의 일을 생각하면 이 작은 다락방도 분에 넘친다.

명아, 명원 식사 기도

헤이스팅스 대학은 미 북장로교 재단에서 운영하는 대학으로 당시 (1966년) 100년이라는 긴 역사를 지니고 있고 한국의 독립운동가 박용

만과 초대 대통령 이승만 박사가 다녀간 곳이다. 그리고 옛날 자유당 때 당당했던 이기붕 국회의장의 비서였던 전영배 씨가 공부한 곳이기도 하다.

덴버를 떠날 때부터 차가 고장이 나지 않을까 걱정했었지만 다행히 고장 없이 도착했다. 욜란다가 내가 운전할 차가 20년 이상 된 고물차이기에 하이웨이에서 고장 나면 고생이 될 것이라며 걱정을 했지만 고맙게도 무사히 도착했다. 만사형통萬事亨通이었다.

헤이스팅스에는 여흥시설이 거의 없고 식료품점, 교회, 주유소, 보건소, 식당 등 꼭 필요한 시설만 있다. 식료품을 사고 돈이 모자라면 다음에 가져오라고 할 정도로 믿고 사는 소도시다. 학생들도 친절하다. 커피도 함께, 가까운 식당에 함께 가고, 문을 닫을 때까지 학생관에 앉아 토론하며 늦게까지 공부를 하는 역사 깊은 대학이다.

시험 때가 되면 학생들이 기숙사 라운지에서 공부도 토론도 하며 늦게까지 있다. 시험 준비를 하다 보면 자정을 넘길 때가 많다. 하루는 토론이 너무 길어 밤이 깊어 이른 새벽이 되는 때도 있다. 어느 날 너무 늦었다. 당시 전화도 없어 집에 연락도 못 한 채 자정을 넘겼다. 아내는 걱정이 되어 아이 둘을 재워 놓고 나를 찾아 집을 나섰다.

가로등도 없는 시골길, 칠흑 같은 밤이다. 아내는 처음 나선 길이라 헤매다 길을 잃어 밤안개가 자욱하고 부엉이가 울어대는 공동묘지로 들어갔다.

비석 사이를 비비면서 "여보! 여보!" 소리쳤다. 정말 무서운 공동묘지다. 그러나 아무 대답 없고 부엉이 소리만 들려오는 음산한 안개 낀 저녁, 온 몸이 오싹해졌다. 나는 천천히 차를 몰고 집으로 가고 있었다. 멀리서 손을 흔드는 사람이 보였다. 브레이크를 밟았다. 순간 손을 흔드는 사람의 모습이 보였다. 아내의 모습이다. 여보! 소리가 들렸다. 차를 멈추고 차에서 내렸다. 아내다. 아내는 나에게 덥석 안기면서 목 놓아 크게 운다. 무서워 몸을 떤다. 어둠속에서의 해프닝이다. 울음을 그치고는 "빨리 집에 가요. 아이들을 두고 나왔는데…." 한다.

집에 왔다. 아이들은 깊이 잠들어 있었다.

아내와 나는 주말이면 집과 가까운 '선한 사마리아의 집(Good Samaritan Home)'이라는 양로원에 나가 일을 했다. 노인들의 움직임을 살펴서 도와주는 일이다. 침대에 오르고 내릴 때, 식사할 때, 대소변 처리할 때, 보행연습을 할 때 등등 간호사 보조역할(?) 같은 일이다.

하루는 부부가 함께 있는 병실에 들어갔다. 부인이 급하다면서 변기에 앉혀 달라기에 양팔로 온몸을 감싸고 서서히 내리려는 순간 옆에 있던 남편이 주먹을 휘두르며 달려들었다. 질투의 시위다. 노인네가 달려들면 얼마나 달려들겠냐마는 눈빛이 살인자의 눈빛처럼 무서웠다. 이 일 이후론 꼭 다른 직원을 대동했다.

대부분의 노인들이 외로워한다. 사람이 지나가면 불러 오늘의 날씨를 묻는다. 가족에 대해서 또는 어느 나라에서 왔느냐는 등 심심하니까 묻는 노인들이 많다. 좀 걸을 수 있는 노인은 옆방의 친구도 방문하여 얘기도 하고 간호사실에도 찾아가 이야기도 하곤 하지만 기거起居가 불편한 노인은 참으로 외롭다. 사람을 보면 손을 흔들며 바람 소리를 낸다. 인적이 없는 곳을 찾아 쉬는 사람도 있지만 꼭 사람을 보아야만 하루를 살 수 있는 외로운 노인들이 있다. 아무것도 못 하고 누워 지내야 하는 사람은 외롭다.

아빠와 함께 졸업하던 날

성탄 전야(Christmas Eve) 1966

조용한 시골에 크리스마스 가로등이 켜지고, 온 가정은 TV에 눈을 붙이고 있다. 흥겨운 춤과 노래, 온갖 프로그램이 쏟아져 나오는 시간이다. 아이들도 TV에 붙어 앉아 열심히 보고 있다. 환호성이다. TV 앞을 떠나려 하지 않는다.

미국 급우級友가 사준 곰 인형을 하루 종일 껴안고 좋아한다. 오랜만에 얻은 초콜릿을 먹으며 노래도 부르고 춤도 따라 한다.

밖에는 함박눈이 내리고 있다. 꽤 많이 내린다. 아내와 저녁을 준비하고 있는데 누가 문을 두드린다. 찾아올 사람이 없는데 이 밤에 누구일까 문을 열었다. 털모자를 쓴 중년 신사다. 눈 속에 서서 문을 두드리는 것이다. 아이들도 뛰어와 엄마를 붙잡고 그 눈사람을 쳐다본다. 듣도 보지도 못한 눈사람이다. 아이들은 신기했던지 엄마 옆에 서서 누구냐고 묻는다.

"메리크리스마스!" 굵은 목소리다. 성탄카드를 건네면서 악수를 청한다.

누구시냐고 물었다. 헤이스팅스 대학 총장이라 한다, 순간 머리를 숙여 절을 하며 "메리크리스마스 총장님!" 하며 손을 잡았다. 들어오시라고 했으나 사양하면서 두 아이들을 향해 '하이 메리크리스마스' 손을 흔들고는 작은 단장 모양의 사탕(candy cane)을 건네주었다. 아이들은 받아들고 신기해하더니 입에 넣는다.

"내가 도와줄 것이 없느냐?"고 총장님은 물었다. 미국에 와서 처음으로 가족과 함께 보내고 있는 이 크리스마스는 혼자 보냈던 작년 크리스마스에 비해 형언할 수 없으리만치 행복하다고 했다. Excellent! 최고다! 한다.

총장님은 맨발로 서 있는 두 아이 들의 손을 잡고 Merrry Christmas를 한 번 더 말하고는 조심스럽게 계단으로 내려갔다. 지금도 함박눈은 내리고 있다. 주고 가신 그 성탄카드 속엔 $20.00짜리 수표가 들어 있었다.

눈 내리는 이 먼 길을 운전하고 오신 것을 지금도 잊지 못한다.

시카고를 향하여

　Hastings 대학을 졸업하고 가족과 함께 시카고에 있는 멕코믹 신학대학(McCormic theological seminary)을 향해 떠난다. 학비, 기숙사비 모두 포함한 휄로쉽 장학금을 받고 종교사회학(Church and Community) 석사 코스를 밟고자 간다. 작은 농촌 도시에 있다가 큰 도시로 간다. 한인들이 많이 살고 있는 도시이기 때문에 기대를 하고 간다. 400마일 길이다. 약 여덟 시간 운전할 거리다. 2년 동안 잘 굴리던 오뚝이 차를 건네주고 오래된 고물자동차 1948년도 대형차 올스모빌 8기통을 샀다. $100.00이다. 탱크 소리가 나는, 휘발유깨나 들이마실 것 같은 차다. 당시 휘발유 가격은 gallon당 45전이다.

　아내는 탱크 같은 이 차를 몰고 운전을 배웠다. 운전면허 소지자가 옆에 타면 운전대를 잡을 수 있는 허가증(Permit)을 받아 400마일을 운전에 동참했다.

　고속도로 운전은 생전처음인 아내는 긴장했다. 핸들을 꽉 잡고 운전하는 아내의 얼굴엔 땀이 흐른다. 아내 혼자 고속도로(highway)를 달

리느라 최고로 긴장이 되는 모양이다. 두 아이들도 나도 잠에 들었다. 횡횡 자나가는 대형 트럭을 볼 때는 무섭다고 하면서 땀을 흘린다. 막 운전을 배우는 초년병에 운전대를 쥐여 준 것은 지금 생각해도 무모한 짓이었다. 고속도로 운전을 해 본 경험이 없는 아내가 해 보겠다고 핸들을 잡은 것도 해서는 안 될 일이었지만 남편의 피곤을 덜어주기 위해 그렇게 하고 싶었다는 훗날 얘기다. 기름도 넣고 물도 마시고, 아이들과 화장실에 다녀와 다시 차에 올랐다.

시카고 시내에 들어가면 더 복잡하겠기에 내가 핸들을 잡았다. 국도(國道) 80번을 타고 계속 동쪽으로 갔다. 시카고에 들어섰다. 시내의 거리는 구불구불 돌기도 하고, 도로가 2층 3층으로 길게 뻗어 있어 신경이 쓰였다. 잘못 들어가면 길을 잃게 되는데 한번 길을 잃으면 20-30분 허비하게 된다.

오후 늦게 멕코믹 신학대학(McCormic theological seminary) 기숙사에 도착, 기숙사 4층에 방 배정을 받고 들어갔다. 2년 동안 살 방이다. 캠퍼스가 그림같이 아름답고 기숙사도 잘 정비되어 있어 훌륭했다. 여기는 결혼한 학생들이 많았고 세발자전거를 타고 노는 아이들도 보였다.

조용해서 그런지 약간 수도원에 온 기분도 들었다. 내가 앞으로 2년 동안 할 공부는 "예수를 따라가는 한 사람으로서, 교회의 한 멤버로서 내 이웃과 형제를 위해 무엇을 해야 하느냐?"는 물음에 답을 찾으려 연구하는 2년간 석사과정이다. 기독교 정신이 표방하는 사회참여에 대한 근본적인 질문이다. 심리학, 행동학, 사회학, 윤리학, 종교학의 측면에서 평가하고 분석 내지 종합하는 공부였다. 축자적인 방식으로 예수를 믿어라가 아니라 크리스천으로서 어떻게 공동체를 이끌어 나가느냐?는 질문에 대한 공부다. 즉 '교회가 처해 있는 사회적 문제 제시와 해석과 결론을 내리고자 하는 공부'다. 쉽게 말해서 신학과 사회사업학이 함께하는 즉 신학을 공부하는 학생이 우리가 접하고 있는 사회 공동체와 연계해서 생각하고 연구하는 학문이다. 한국 학생으로는 나를 제외하고 여학생과 남학생 둘이다. 이 두 학생도 나와 같은 학문적 관심을 갖고 온 한국 학생들이다. 식사가 끝나면 가끔 기숙사 라운지에서 피아노를 치는 학생들이 모여 즉흥 콘서트도 시작한다. 즐거운 시간이다. 여학생 전광자 양의 피아노 연주는 격이 높을 뿐만 아니라 전문적인 연주가로서 실력이 쟁쟁하다고 했다. 한국 세종회관에서 열린 피아노 콩쿠르에서도 우승을 했을 정도이기에 이곳 종교음악 교수도 극찬할 정도다. 한국 여학생의 피아노 연주는 자신은 물론 한국 국민으로서의 위상도 높여 주는 계기가 되었다. 특히 금요일 저녁 맥주를 마시며 우의를 다지는 시간에 들리는 그의 즉흥적인 피아노 연주가 훌륭했다.

모두 감명과 고마움으로 연주자에게 기립박수를 보낸다. 자연스럽게 모인 학생들과 그 가족들에게 주는 기쁨이 충만한 가족음악회 같았다.

세계의 석학들의 강의가 있을 때면 큰 강당이 꽉 찬다. 늦으면 서서 들어야 한다. 이 자리는 잔치의 자리가 아니라 학술연구에 대한 강연이기 때문에 주제발표와 질문이 오가는 조용하고 심각한 자리다. 조직신학의 대두인 폴 틸리히(Dr. Paul Tillich), 몰트만(Prof. Moltman) 그리고 칼 발트(Karl Bart) 등 신학계 대가들의 발표를 듣기 위해서 외국에서도 찾아오는 큰 행사다. 나 같은 초년병이 혜성 같은 신학자들의 강연을 소회시키지는 못하지만 참석만으로도 긍지를 가질 수 있었던 것은 내 자신에게 주는 긍지와 기쁨이었다.

서울의 부모님과 함께

은퇴 후 서울형무소 소장의 호의로 관사의 방 하나를 얻어 살고 계신 아버지와 어머니를 찾았다. 너무나 좋아하신다. 아버지는 예전과 똑같이 꿇어앉으시고 "잠깐 기도하자!" 하신다. 아버지의 트레이드마크는 "기도와 묵상"이다. 어려서부터 보아 온 나의 아버지는 '기도하는 사람'이다. 희로애락(喜怒哀樂)을 기도로 표현하시는 분이시다. 기쁜 일에는 짧은 기도, 고민이 깊으시면 철야기도를 하신다.

11월 중순 제법 찬바람이 이는 날씨다. 이 집 저 집 김장하느라 바쁜 때였다. 며칠만 있으면 추수감사절이다. 그리고 한 달 후면 성탄이 그리고 이어 새해가 찾아온다. 다다미방에서 사시기 때문에 겨울이 되면 춥다. 솜바지 저고리를 입고 계시면서도 어머니는 콧물을 흘리신다. 창호지 문은 구멍이 숭숭 뚫려 찬바람이 들어온다, 평생 목회를 하시던 목사 부부의 노후가 이런 것인가? 돈이 없으면 고관대작도 어렵게 살 수밖에 없지만 평생을 정직하고 헌신적으로 살아온 하나님 종의 노후가 이렇게 끝난다는 것은 하나님이 책임져야 할 문제가 아닌가?

신앙을 따라 충실히 사는 하나님의 백성들 행복하고 편안하면 안 되는 가? 주를 위해 죽음도 감수하고 기쁨으로 죽는 것을 순교라 한다면 그 런 순교를 동반하지 않고 주를 위하는 길은 없는가? 아버지의 모습이 순교자의 모습이다. 어머니는 원치 않는 순교자의 아내다. 인간의 고 뇌를 하나님에게 연계시키면 한도 없이 우울해진다.

두 분이 싸울 때면 어머니의 음성은 소프라노 중에서도 고음인 데 반하여 아버지는 구도자의 침묵이다. 말이 없으시고 눈을 감는다. 어 머니의 열은 100도를 넘는 듯 발화점에 이른다. 욕도 막 나온다. 어떻 게 두 분이 이런 식으로 지금까지 살아오셨는지 의문이 나지만, 당시 목사로서의 부부관계가 쉽게 이혼으로 이어질 수 없는 때였기에, 지 금도 쉽지 않지만, 여기까지 밀려오신 듯하다. 두 분 덕에 나도 고생을 밥 먹듯 가난을 배웠다. 아버지의 말씀 따라 "감사합니다, 주님." 했다. 무엇이 감사한지 모르지만 그렇게 했다.

나에게도 좋은 날이 오겠지, 지금 고달프고 힘들어도 이 고비만 넘 기면 좋은 날이 오겠지 하는 희망, 꿈으로 이어지는 위안, 나에게 큰 힘이 되었다.

철물점에 가서 구멍탄 난로와 큰 물주전자를 샀다. 난로에 연통을 연결시키고 19공탄 불도 짚였다. 구멍탄도 많이 부엌 옆에 챙겨 놓고, 난로에 불을 지폈다. 물주전자를 올려놓았다. 어머니와 아버지는 연 통을 타고 뿜뿜 빠져나가는 연기를 보면서 흐뭇해하신다. 따뜻해지는 물주전자에 손을 대시고, 손을 비비시며 "이번 겨울은 따뜻하게 지낼 수 있어 정말 좋다." 하신다. 두 분은 걱정이 없는 듯 보였다. 이 모습은 오랜만에 보고 느끼는 귀중한 정감이다. 이 작은 것에 흡족해하시고 행복해하시는 모습을 보는 나는 처음으로 아들 노릇을 한 듯 너무나 행복했다. 기쁨과 행복은 하늘에서 떨어지는 것이 아니라 눈과 귀를 통해서 가슴으로 오는 따뜻한 피의 흐름이다.

미국에 살고 있는 한국 노인분들은 그들이 살 수 있도록 정부가 보호해 주고 사회적으로 경제적으로 후원하기 때문에 식생활과 주거문제는 걱정할 필요가 없는 것에 비하면 나의 부모는 외롭고 어렵다.

부모님은 영천 전차 종점 근처에 사셨는데 늦김장때가 되면 독립문(獨立門) 주위에는 무, 배추 등 김장거리를 파는 상인들로 붐볐고 지게꾼도 많았다. 싸늘한 바람이 잦아진 어느 날 어머니를 모시고 배추시장에 갔다. 이렇게 장성해서 어머니 팔짱을 끼기는 처음이다. 어머니는 "내 평생 처음 사람처럼 사는 것 같다." 말하신다. 어떻게 우리를 봤는지 니어카꾼(손 쿠루마를 끄는 사람)이 와 붙는다.

"어머니, 겨울 내내 잡수실 김장감 고르세요!" 어머니에게 말을 건넸다.

순간 어머니는 코를 훌쩍이시더니 "올해는 김장도 해 보는구나! 꿈같다." 하시며 배추와 무를 둘러보신다. 결혼하신 이래 평생 이런 곳에 남편과 함께 오고 간 적이 전혀 없는 어머니는 눈물을 보이신다. 미국에서 온 아들 따라 김장거리를 사러 나온 것은 평생 처음이다. 무, 배추, 마늘, 고춧가루, 새우젓도 사고 무엇인가 여러 가지 양념도 사시면서 "이번 겨울엔 맛있는 포기김치를 먹겠구나! 마음이 놓인다." 하시며 생선도 몇 마리 샀다. "이제 가자! 다 샀다."

집에 도착하자마자 해가 지기 전에 소금에 절여야 된다며 소매를 걷어 붙이고 소금을 뿌리신다. 무를 썰고 채를 쳐서 새우젓과 고춧가루로 무쳐 놓았다. 늘 몸이 아프다고 하신 분이 어디서 그런 기운이 펑펑 솟는지 피곤한 줄 모르시고 움직이신다. 아버지는 김장독 묻을 땅을 파신다. 두 식구의 잔칫날 같다. 쌀도 한 가마 사서 독에 부었다. 여기저기 비었던 곳이 채워졌다.

"하나님 아버지 감사합니다!" 오랜만에 듣는 목사 부인의 목매인 소리다.

어머니의 기도는 항상 울면서 기도하고 눈물로 끝낸다. 어머니가 가끔 부르시는 찬송은 "내 모든 시험 무거운 짐을 주 예수 앞에 아뢰이면…"인데, 언제나 눈물을 동반한다. 가난한 목회자의 아내는 외롭고 힘들다. 목회자도 힘들다.

아버지는 "나의 고난은 우리 죄를 대속하기 위하여 십자가에 못 박히신 예수님의 고난에 비하면 아무것도 아니다. 그러므로 나는 복음을 위해 가난을 택했다."고 하신다. 복음을 택하는 사람은 모두 가난해야 하는가? 가난해야 복음이 빛을 내는가? 내가 한 여자의 남편이 되고 아이들의 아버지가 되면 책임을 질 줄 알아야 하고 마음과 뜻을 다해서 최선을 다해 가장의 역할을 충실히 해야 하는 것이 마땅하거늘 책임져야 될 가족은 뒤에 두고 기도만 하면 되는가?

어머니의 생각과 신앙관은 늘 현실에 있었다. 하나님은 항상 잘살게 해 주는 하나님이라야 된다는 생각이다. 참는 것도 한도가 있지 참다 죽으면 그것은 하나님의 뜻이 될 수가 없다는 것이다. 얼핏 쉽게 말하라면 아버지는 정통, 어머니는 이단이다.

아무것도 먹지 못하고 굶고 자는 날도 아버지는 꼭 저녁예배를 드렸다. 저녁을 굶고 자지만 하나님께서는 훗날 우리에게 큰 축복을 내리신다는 아버지의 말씀을 하나님의 약속인 양 믿었던 그 시절엔 오히려 기뻤다. 아버지가 거짓말하신다고는 전혀 생각지 않았기 때문이다.

어머니는 따뜻한 물로 차 석 잔을 만들어 나누시면서 "재관아, 오늘 나는 행복하다. 부자가 된 기분이다. 기운이 난다. 이제 좀 살 것 같다." 하시며 두 손으로 찻잔을 감싸신다.

오늘 일을 많이 하셨는지 어머니는 깊은 잠에 드셨다. 방 안이 훈훈하고 습도도 좋아 쾌적하다. 나도 곧 잠에 들었다. 편안한 잠자리였다.

새벽 별이 보이는 아침, 나는 변소에 가려고 일어나 앉았다. 앞에 꿇어앉아 기도하시는 아버지의 모습이 보였다. 저녁 내내 깨어 기도하시는 모습이다. 내일이면 떠나는 아들을 위하여 철야기도를 하시고 계신다. 때때로 일주일 또는 보름씩 금식기도를 하시는 아버지이시기에 놀라지는 않았지만 아침이 오면 떠날 아들을 위하여 철야기도를 하시고 계신다는 사실이 나를 더 아프게 했다. 나에 대한 아버지의 기도다! 아버지의 기도는 미움과 욕심과 질투와는 거리가 멀다. 지금은 돌아가셨

지만 내가 보고, 듣고, 말하고, 생각하며 살아온 아버지는 예수님의 제
자 베드로보다 낫다. 노(怒)하신 일이 없으셨기에!

시카고로 돌아오다

부모님께 절을 올리고 집을 나서는 나를 향해 아버지는 "서울에 와서 우리와 함께 살면 어떻겠냐?" 하신다. 아버지의 부탁을 뒤로하고 집을 나올 때 착잡했다. 이제 가면 언제 다시 만날지 모르는 인사, 마지막 인사가 될지도 모르는 느낌에 멈칫했지만… 상봉할 가능성은 전혀 짚이지 않았다. 우울했다. 날이 추워지면 월동준비에 걱정을 많이 해 오시던 부모님은 이번 겨울은 잘 지내실 수 있어서 안도하시는 모습이지만 이 짧은 행복을 오래오래 지니고 싶은 마음일 것이다. 그때 내가 설치한 난로煖爐에 둘러앉아 차를 마시던 것이 마지막 해후邂逅였다. 이렇게 복음을 위해 가난하게 사시던, 무거운 짐을 홀로 지고 자식들 키우며 복음을 따라가시던 어머니도 이제는 영원히 가셨다. "복음을 위해 가난을…… 내 모든 시험 무거운 짐을……" 두 분 이젠 안 계시다.

일 년 후 아버지가 먼저, 그리고 다음 해 어머니도 가셨다.

아내는 내가 한국에 넉 달 있는 동안 트럭회사에서 일하면서 아이들은 탁아소(Head Start)에 데려다주고는 곧바로 회사로 가서 회계업무를 봤다.

주말이면 빨래하고, 장 보고, 교회에 가고 바빴다. 어린아이들을 키우며 혼자 생활한다는 것이, 특히 친척도 친구도 없는 외지에서의 삶은 더 어렵고 고생스러웠다. 추운 겨울 넉 달 동안 차도 없고 남편도 없이 아이들 썰매에 태워 눈 위를 다니면서 시장도 보고 빨래터에 가느라… 힘들고 외로워했다. 당시 비싼 장거리 전화로 아내에게서 전화가 왔다. "여보세요…." 이 소리를 듣자마자 아내의 통곡소리가 고막을 때린다. 수화기를 통해 들려오는 통곡 아이들을 안고 못 한 그 울음이 폭포수처럼 터졌다.

두 딸과 거실에서

진심 어린 배려

법과 질서를 위해 단호한 결정과 시책이 필요할 때도 있지만 근본적인 인간이해와 살기 어려운 환경조건으로 더더욱 어렵게 되는 사람들의 사정에 대하여 진지하게 고민할 필요가 있다.

정(情, 농축된 사랑의 다른 느낌)은 사람들을 사람답게 살게 한다. 모든 것을 이해하고 오래 따뜻하게 하는 이 정(情)의 세계는 피부색과 상관없이 사람 누구에게나 있으며 가슴으로 이어진다. '나를 순수한 인간으로서 대하고 사랑한다!'는 것이 확인되는 순간부터 우리 모두가 형제자매다. 인종차별도 우월감에서 기인된다. 싸움과 욕심도 우월감에서 온다. 그래서 하나님은 '교만한 자를 물리치신다' 하셨다. 그러나 정은 용서하고 받아주는 힘이 있다.

시카고 주택청 매니저로

 1970년 학교를 졸업하고 시카고 주택청(Chicaco Housing Authroity)에 매니저로 취직했다. 아파트 250棟은 가족주택, 다른 250棟은 노인주택 총 500가구에 사는 주거지(4개의 고층, high rise) 주민들의 문제를 관할하는 일이다. 흑인동리다. 멕시코 가정 2, 중국 가정 1 그 외는 전부 흑인이다. 여기서 더 남쪽으로 내려가면 흑인빈민가가 시작되는데 저녁이면 범죄울이 높아 길거리가 한산하다. 더운 여름엔 아이들을 위한 프로그램으로 여름엔 마당 한가운데 있는 야외극장에 물을 채워 수영장을 만들고, 가을이면 청소년들의 농구시합도 주관, 어렵게 살아가고 있는 주민을 위한 상담, 청소년 취직 문제 등 내 가족처럼 최선을 다해 보살피는 일이다.

 아침 일찍 출근길에 열일곱 살 된 톰(Tom)을 만났다. 닭튀김집(Brown's Chicken) 앞에서 서성거리고 있는 톰을 보고 차를 세웠다. 추수감사절이 다가오는 때였다. 쌀쌀한 날씨다. 반갑게 내게 다가와 하는 말이 어제저녁 결혼했다는 것이다. 결혼식을 올린 것이 아니라 둘이서 약속하고 함께 사는 것을 뜻한다. 배가 고픈 모양이다. 기다리는 뚜렷한 사람도 없는 모양, 사방을 두리번거리며 서성거리는 모습이 그런 듯했다. 나는 차에서 내려 톰과 함께 닭튀김집으로 들어갔다. 닭튀김과 감자튀김 그리고 코크 (coke) 등 한 상자를 사 주면서 와이프(?)하고 같이 잘 먹으라 했다. 순간 땡큐 한마디 하고는 뛰어나갔다.

며칠 후 찾아온 탐에게 당시 미시간 호숫가의 큰 건물 멕코믹 플레이스(McCormik Place)를 짖고 있었기에 그곳에 취직해서 열심히 일을 해 보라고 추천서를 써주었다. 탐은 청소부로 취직되었다. 이제는 길거리에서, 동리에서 서성거리지 않고 일을 열심히 한다. 탐의 얼굴엔 활기가 넘친다. 옷도 깨끗이 입고 다닌다. 어찌나 열심히 사는지 나도 기뻤다. 얼굴 모습도 달라지고 사는 패턴도 바뀌고 웃는 얼굴이 보기 좋았다. 결혼식도 올리지 않고 둘이 만나서 배고프게 사는 탐이 이제는 자신의 삶을 하나하나 일구어 나가는 모습에 주위 사람들도 고무되었다.

여름에 만든 작은 수영장

힐리아드 센터(Hilliard Center)는 500세대가 사는 저소득층 사람들을 위한 주택단지다. 시카고 남쪽 22가에 지은 이 단지는 약 5000평 정도로 16층짜리 고층 빌딩이 4개 노인동과 가족 단지로 500세대가 산다. 노인들을 위한 실내 활동 프로그램은 활성화되어 있지만 젊은이들을 위한 프로그램은 빈약했다. 이 4개 빌딩이 둘러싸인 한 중간엔 원형으로 된 야외 소극장 행사장이 있고 주변은 넓은 잔디밭과 개나리 그리고 나무들이 그늘을 지어주고 있으며, 뒤쪽에는 국기 게양대가 있어 바람 불 때면 성조기와 시카고旗 그리고 힐리야드 깃발이 나부낀다. 이 둥근 야외극장엔 100여 명 정도 앉을 수 있는 긴 콘크리트 좌석이 있고 그 가운데는 지름 8미터, 깊이 3미터 정도의 둥근 콘크리트 마당이 있다. 이 한가운데에 있는 배수구를 넓은 고무 시트로 덮고 물로 채우면 훌륭한 수영장이 된다.

복더위로 찌는 듯 더운 날 소방서에서 빌려온 호스로 물을 끌어 채웠다.

소독약을 뿌렸다. 활동력이 있는 동리 자원봉사자는 카메라를 들고 다니며 사진을 찍는다. 아이들이 난리가 났다. 아이들은 팬티만 입고 물속으로 뛰어들기 시작했다. 별천지다! 꿈에도 생각 못 했던 수영장이 나타난 것이다. 이 하나의 프로젝트가 큰 기쁨과 환호를 가져올 줄은 아무도 몰랐다. 이웃 동리에서 오는 아이들은 받아 주질 않는다. 별안간 특권층이 되어 버렸다. 은연중 스스로 부자가 된 듯 여유가 있어 보인다. 아이들의 세계는 이렇게 작은 것 하나로 행복하다. 미친 듯 열광한다. 이 모습에 어른들도 덩달아 기쁘다.

다음 날 어른들도 물속에 들어가 앉았다. 시원하다면서 앉은 자세로 수영하듯 꼼추 흉내도 잘 낸다. 찜통같이 무더운 복더위도 좋다는 분위기다. 이 작은 물 놀이터! 전혀 생각 못했던 즐거움이 온 동리를 '살 만하다'의 동리로 바꾸어 놓은 것이다. 썬타임스Sun Times 신문기자의 소개로 이 사실이 알려지자 주택청 산하 다른 아파트 단지에서 방문하기 시작했다.

지금도 고맙게 여겨지는 것은 그 지역 소방서에서 적극적으로 협조해 준 사실이다. 귀찮다느니, 상부의 허가기 있어야 된다느니…… 어떠한 이유로라도 소극적인 대응도 할 수 있지만 듣는 순간 아무 이유 없이 무조건 협조해 주었다. 감동했다. 이것이 미국 정신이다! 정당하고 좋은 일이라면 최선을 다해 도와주고 밀어주는 사회! 빽도 돈도 필요 없고, 뜻있는 일이라면 서슴지 않고 손을 잡아주는 사회! 이런 사회 분위기에서 활동하는 복지사(福祉師)는 행복하다

어느 할머니의 죽음

하루는 퇴근하려는데 사무실로 전화가 걸려왔다. 4층에 사는 Mrs. Grifin(그리핀)이라는 70세 노인이 갑자기 넘어져 정신을 잃고 있다는 전화다. 911 긴급전화 통화도 안 되고 엘리베이터(승강기)도 작동이 안 되고 긴급한 상항이 벌어졌다. 아직 퇴근하지 않고 있는 여직원 두 명뿐이다. 나는 할머니를 등에 업었다. 계단을 따라 내려와 내 차에 태우고 인근 병원(Mercy Hospital) 응급실로 갔다. 응급환자를 잘못 다뤘다가 문제가 생기면 책임을 져야 한다는 것을 알면서도 내가 업고 가는 것 외에는 다른 방법이 없었다.

병원 응급실에 도착, 직원들에게 건네고 집에 왔다. 이 일이 있은 후 열흘 뒤 낯선 두 젊은 여인이 내 사무실로 찾아왔다. 미스터 하(河)를 찾으면서 하는 말이 "우리는 당신이 며칠 전에 병원으로 업고 간 그리핀 여사(Mrs. Grifin)의 딸입니다. 불행하게도 어머니가 어제 돌아가셨습니다. 고맙습니다. 어머니가 돌아가시기 전에 미스터 하를 만나고 싶어 하셨는데… 어머니가 꼭 찾아뵈라고 유언을 남기시고 가셨습니다. 미안합니다." 눈물을 뚝뚝 떨군다. 정중했다. 미국 사람이 우는 것은 헤거 박사의 부인 욜란다와 맥도날드에서 만난 흑인 여자 세 번째다. 두 딸도 눈물을 보였다. 어머니에 대한 사랑과 정을 못 잊은 듯 말로 마음을 전하는 것도 있지만 가슴으로 전하는 모습이 더욱 감동적이었다. 그렇게 할 수밖에 없어 한 일이지만, 힘들었지만 무슨 이유로 업고라도 가야 되겠다는 생각이 들었는지 모르겠지만 피골이 상접한 할머니가 사경을 맴돌고 있는 현장에서 자동적으로 나온 행동이었을 뿐, 이유를 모른다.

주민들과 직원들이 이 사실을 전해 듣고는 빗발치듯 전화가 걸려왔다.

나의 아버지는 늘 "오른손이 하는 것을 왼손이 모르도록 하라!" 하셨는데 전화를 받고 보니 부담스럽기도 하고, 흐뭇했다.

나에 대한 주민들의 인식은 '봉급쟁이 이상의 사람(Mr. Ha is a man more than the carrier of pay-check)'이라고 알려져 인종차별이 없는 사랑의 사도로 대접을 받게 되었다. 이런 일로 인해 주민들과 더 가까워졌다. 사랑과 협조의 문이 열린 셈이다. 기대도 생각도 못 했던 주민들의 훈훈한 사랑과 따뜻한 정情은 감사한 다른 모습으로 돌아왔다. 학교에서 얻은 기독교윤리의 첫걸음이 '사람이 사람을 사람대로 대접하는 것(Keep human as human)'이 힘을 얻는 순간이다.

경청은 예술이다

상대방의 말에 귀를 기울인다는 것. 열심히 들어 준다는 것은 곧 예술이다.

상대방의 말에 귀를 기울이지 않고 자기 말만 하는 사람은 대화의 주체가 될 수 없고 혼자 북 치고 장구 치다 마는 사람으로 친구를 얻을 수 없다.

인간관계는 일방통행이 아니기 때문이다. 상대방의 말에 귀를 기울이고 성의 있는 반응을 보여 줌으로 관계가 돈독해진다. 자기 말에 도취되어 상대방을 설득시키려 할 때면 상대는 곧 지루해지고 짜증스러워진다. 연인의 얘기를 듣는다, 아이들의 얘기를 듣는다, 선생님의 말씀을 듣는다… 이 모두가 소통의 장면이지만 상대방의 음성이 내 고막을 자극하는 소리로만 남는다면 그것은 대화도 아니요 예술도 아니다.

신부에게 고해성사告解聖事할 때 신부는 경청한다. 고해자에게 해결책을 알려 주는 것이 아니라 잘 듣고 끝날 무렵 "하나님께서 용서하시니 가서 기도하십시오!" 이 한마디에 시베리아의 얼음이 녹듯 마음에

평안이 찾아오는 것은 성의껏 경청하는 사람이 있기 때문이다.

학술적인 이야기라도 열심히 듣는 사람은 많은 것을 배우지만 열심히 듣지 않는 사람은 소득이 없다. 대화엔 솔직함과 정다움이 필요하다. 그러나 상대방이 무엇을 전하고 싶어 하는지, 어떠한 감정 상태에서 이런 얘기를 하고 있는지 잘 듣는 것이 소통의 기본이다. 내가 상대방의 신뢰를 얻는다는 것, 정직한 반응과 진솔함에 있다. 상대방이 자기와 더불어 얘기를 계속하고 싶어 한다면 당신은 경청하고 있다고 볼 수 있다. 친구와 대화하는 과정에서 '그래, 화가 났겠다. 힘들겠구나! 그럴 수가 있냐? 나래도 그랬을 거야!' 적시적소에 코멘트를 해 가며 대화를 순조롭게 이어 나간다면 놀라운 진전을 볼 수 있다. 상대방 이야기를 열심히 들어 준다는 것은 하나의 예술이다(listening is an art). 상대방이 나의 감정을 건드릴 때, 상대방이 고성으로 다가올 때, 피하기보다는 왜 그러는지, 불만의 핵심이 무엇인지 말에 문제를 파악해야 한다. 그러기 위해서는 경청敬聽이 필요하다. 이야기를 잘 들어주는 것만으로도 반 이상 문제가 풀리기 때문이다.

소셜워크
(Social Work, 사회복지학)
공부

사람들과 함께 일하면서 '어떻게 하면 효율적으로 인간과 사회관계를 발전시킬 수 있을까?'에 몰두했다. 감성과 지성, 심리학과 행동과학, 정신분석학에 접근, 인간행동은 복잡한 동기를 갖고 있다는 것을 실감하면서 이런 전문분야의 전문인이 될 수는 없지만 어떠한 형태이든지 심리적, 행동학적 동기와 현상에 대한 이해가 필요했다.

많은 선배의 추천으로 오랜 전통과 역사가 있는 일리노이 주립대학에 있는 '소셜워크 대학원(Jane Adams School of Social Work)'에 등록해 2년 코스에 들어갔다. 젊은 청년들에 끼어 질문도 많이 받았고 또한 질문을 많이 했다. 동기부여動機附與와 그 결과에 대한 민감한 이 분야는 '왜?'보다는 '어떻게?' 치료적인 접근에 관심을 보이고 있기 때문에 큰 도움이 되었다. 왜 우는가? 왜 우울한가? 왜 자꾸 저돌적이 되는가? 어떠한 가정환경과 인간관계에서 자기의 성격이 형성되었나? 정신적, 경제적, 사회적 환경이 사람에게 많은 영향을 미칠 수 있다는 것은 주지의 사실이지만 해결방법을 찾기 위해서 어떻게 접근하느냐?의 질문엔 많은 답과 경험이 절대적으로 필요했다. 그래서 이 전문분야에 경험과 지식이 많은 선배의 도움을 받기도 했다. 이재민과 구호 대상자의 손을 잡아 주는 것은 간단하지만 돈으로 해결할 수 없는 심리적, 행동학적 문제파악과 치료는 많은 지식과 경험이 필요했다. 주경야독으로 수년이 흐른 후 1984년 6월 10일 석사학위를 받았다.

미국의 교육은 젊은이들을 가르치고 길러서 개인과 사회에 기여할 수 있는 존재로 육성하는데 그 초점을 둔다. '왜?' '그래서' '어떻게' 이런 의문부사는 행복한 개인과 복지낙원의 사회를 만드는 데 접목되는 '행복한 개인, 안정된 사회' 즉 행복과 안정을 추구하는 수식어가 된다. 이를 격려하고 위무하는 일을 사회복지사가 개인과 그룹을 위하여 하는 일이다.

시카고 주택청
노인 아파트 매니저로 가다

2년 후 북쪽에 있는 노인동(Senior Building)으로 전근됐다. 노인들이 사는 고층 건물 세 개다. 총 370개의 아파트 빌딩으로 400여 명의 노인들이 살고 있다. 입주자들의 나이는 65세 이상으로서 저소득층이나 신체장애자다.

시카고 남쪽과 달리 여기에는 유대인 계통의 백인들과 소수의 흑인 노인들이 주를 이루고 있다.

이 빌딩엔 한국 노인이 한 분도 없었다. 당시, 1970년대, 시카고 한인 사회에서는 노인을 아파트 단지에 보내는 것을 꺼려 하고 있었다. '불효막심한 자식들'이 하는 짓이라는 편견 때문이다. 아들과 며느리, 딸과 사위들이 학교에 나가거나 직장을 다니면 손자 손녀들 챙기기에 여념 없어 바쁠 때 어머니의 돌봄이 절실히 필요하던 때였지만 20년 30년의 긴 세월 정 붙이고 살던 손자 손녀들이 훌렁 커서 대학으로, 직장 얻어, 결혼하여 뿔뿔이 나가고 나이든 할머니만 빈 방에 홀로 남게 되는 경우 외로움이, 무력함이 밀물처럼 몰려와 통증 아닌 아픔으로 자리에 눕는다. 여기서 파생하는 심적 갈등과 무력함 때문에 삶을 포기하는 연장자들도 생긴다.

언어도 통하지 않고, 교통수단도 이용할 줄 모르고 홀로 집을 지키고 있다는 사실이 정서적으로 얼마나 외롭고 서글픈지 경험해 본 노인들이 아니면 잘 모른다. 이것은 '마음병'이다.

공통된 문제는 '사람이 그립다'는 것이다. 심심하고 외로움을 달래는 길은 일주일에 한 번 주일날 예배당, 성당, 혹은 절에 가는 일이다. 사람을 만나는 유일한 날이다. 그래서인지 친교시간이 예배 또는 예불을 올리는 시간보다 더 즐겁다. 이렇듯 외로운 한국 노인들에게 안식을 줄 수 있는 방법은 노인 아파트에 입주하여 여러 사람들과 어울려 사는 것이다. 하루 24시간 주야 언제나 방문할 수 있는 가까운 친구들끼리 만나고 이야기할 기회가 주어지기 때문이다.

시카고 지역 한국일보에 기사를 쓰기 시작했다.

사람들도 가슴을 맞대고 사는 사슴처럼 함께 모여 삶으로 일상에 활력이 될 수 있다고 강조했다.

하나둘 전화가 걸려왔다. 제일 먼저 입주한 최영도 권사가 안정을 되찾았다는 사실이 알려지자 친구들이 하나둘 노인 아파트 신청을 시작, 2년 만에 서른다섯 가구가 되었다. 같은 문화, 언어, 그리고 음식을 나누면서 일체감과 동질감으로 이어진 한국 노인들은 외로움에서 점차 벗어나고 솔선 자원봉사도 하기에 이르렀다. 유대감이 생겼다. 서로 가까워졌다.

삶이 아무리 가난하고 힘들다 해도 외로움만큼 감당하기 힘든 것은 없다. 사람이 우울해지고 의욕을 상실해 결국엔 우울증이 찾아와 어두운 구석에서 몸을 조아리고 떠는 경우, 바로 이것이 숨을 쉬고 있는 죽음이다. 우울증으로 고생하던 할머니도 여기서 친구도 사귀고 옷 만들기(봉재), 뜨개질, 음식 만들기, 찬송 부르기, 빙고 등 여러 가지 행사에 어울려 함께 이야기하며 생활하는 동안 많이 명랑해졌다.

심지어 동물도 길을 잃고 헤맬 때 취약해지고 두려움에 떤다. 동물들은 떼를 지어 다닌다. 마찬가지로 사람의 비극은 주위에 아무도 없이 홀로 있을 때다.

뭐가 뭔지 모르는 사람은 "나는 고독을 좋아한다."고 말하지만 고독을 모르는 사람이다. 교도소에서도 독방에 갇혀있는 사람은 중범 그중에서도 사상범이다.

이런 사람들은 대부분 일찍 병든다.

나는 거의 항상 지금 이 찰라 행복해야 한다고! 내일 행복하기를 원한다면 누가 보장하겠느냐? 보장 없는 내일의 행복은 올 수도 있고 못올 수도 있지만, 지금 이 순간 이 찰나의 행복은 분명히 있는 것이기에 이 상태가 이어지는 한 내일도 행복할 수 있다는 이야기다. 내일의 가능성은 내일 가 봐야 안다. 지금 행복하자! 내일로 미루지 말자……. 길게 이어질 수 있도록 마음을 충전하고 노력하자는 것이다. 단두대斷頭臺 위에서도 웃는 사람은 행복한 사람이다.

한국 노인들도 미국 노인들과 함께 살아가면서 영어도 배우고 음식도 나누어 먹으며 미국을 배우기 시작했다. 정이 많은 한국 노인들은 미국 노인들과는 말이 통하지 않지만 웃음으로 통하고 정(이웃과 더불어)으로 통한다. 전쟁을 두 번이나 겪으면서도 나누어 먹고 짐도 들어주는 인정이 많은 국민이라 미국 사람들로부터 많은 사랑을 받는다. 한국 백의민족은 오랜 세월 비가 오나 눈이 오나 서로 도우며 살아온 정이 많은 국민이기 때문에 어디 가나 환영을 받는다. 미국 노인들도 감성으로 느낀다.

노인 아파트 매니저로 있을 때

맥도날드 앞에 서 있는 여자

무더운 여름 코카콜라 한 잔 마시려고 맥도날드에 들어가려는데 중년쯤 되는 몸집 좋은 흑인 여자가 해진 신발에 남루한 옷차림으로 서서 동전 몇 개 담은 빈 깡통을 철렁철렁 흔들고 있었다. 아주 피곤해 보였다. 잠깐 발걸음을 멈추고 "뭐 도와주겠느냐?"고 물었다. 배가 고프다는 것이다. 내가 돈을 지불할 테니 들어가자고 했다. 고맙다고 하면서 안으로 들어갔다. 발이 아픈지 절름거린다. 나는 그를 향하여 원하는 대로 주문하라고 했다. 아무 말 않고 메뉴를 쳐다보면서 고기 3층짜리 햄버거, 큰 컵의 코카콜라, 감자튀김, 그리고 아이스크림을 주문하고 싶다며 묻는다. 무엇이든지 먹고 싶은 것 다 주문하라고 했다. 잠깐 내 아래위를 보더니 땡큐 한다. 정신없이 먹고는 코크를 죽 마신다. 정말 배가 고팠던 모양이다. 이 모든 것을 잠깐 만에 해치우는 실력을 보니 짐작이 갔다. 여기 오기까지 꼭 한 달이 걸렸다면서 취직을 했으면 하는데 그렇게 쉽지 않다고 한숨을 내쉰다.

내가 그에 대하여 아는 바도 없고 과연 어떤 사람인지, 왜 방황하는

지 전혀 모르는 상항에서 답을 줄 수가 없어 정부 구호청에 가서 긴급 지원을 받으라며 퍼블릭애이드(public aid) 사무실을 알려 주고 나왔다.

며칠 후 콜라를 마시기 위해 그곳에 또 들렀다. 작은 게시판에 프렌치프라이(감자튀김) 빈 봉투에 영어로 "한국 친구여! 고마워요." 쪽지가 붙어 있었다. 배고픔을 알아주는 사람이라 좋았던 모양이다. 나는 누구보다도 많이 굶어 본 사람 중의 하나라 배고픔이 어떠한 것인지 잘 안다. 그 여인의 모습을 보고 지나가는 사람, 그냥 지나지만 측은한 마음은 있을 것이다. 무척 외로워 보였다. 그렇게 맛있게 허겁지겁 먹던 그 여자, 옛날 내가 어렸을 때 굶고 자던 생각이 났다. 굶어 보지 않은 사람은 남의 배고픔을 심각하게 느끼지 못한다.

인간의 최소한 보장받아야 할 조건은 의식주다. 배고픔으로 잠들고 허기진 모습으로 아침을 대할 떼 세상이 노랗다. 이 문제를 우선 해결해야 한다는 생각이다. 그러나 훗날 내 힘으로 배고픔을 해결했을 때는 지난날의 아픔이 훗날 감사의 다른 모습으로 돌아오는 것을 느꼈다. 미국 와서 어려운 일이 많고 힘들었지만 배고프면 먹을 것은 늘 내 곁에 있어 걱정이 없었다. 대학에 있는 종교과 학생들이 이른 아침에 오는 학우들을 위해 도넛(donut)을 쟁반에 담아 놓고 봉사하고 있는 이 사회 전체가 사람들의 먹을 것에 대한 관심과 배려가 있다.

아내가 공부를 시작하다

　아내 영(榮)은 무엇을 하든 적극적이고 진취적이다. 초등학교부터 고등학교 졸업 때까지 공부엔 뛰어났다. 공부 이외에도 사회생활 및 일상생활을 배운다는 것에도 혼신을 다해 터득하는 데 게으르지 않다. 최선을 다하는 타입이다. 수학문제가 풀기 어려울 때면 풀 때까지 밤을 새우며 풀고야 마는 성격이다.

　일단 결심을 하고 목표를 세우면 몰두한다. 모르면 알아서 찾고, 그래도 모르면 아는 사람을 찾아 배우고 궁금증을 풀고 잠을 자는 사람이다. 학구적인 모습은 초등학교 중학교 고등학교 대학교를 다니면서 공부에 전념 수석을 했고, 직장에서도 일이 주어지면 밤을 새서라도 주어진 일을 잘 끝맺음하는 사람이다. 일단 결심하면 못 할 일이 없다는 각오와 노력으로 일관한다.

　이에 비하면 나는 쉽게 하자 쉽게 가자는 타입이다. 나의 삶 전체에 있어 지상 최대의 사명으로 잠도 참아 가며 한 일은 아내와 두 딸을 미국으로 데리고 와야 된다는 꿈을 이루는 데 최선을 다한 것이다. 학교에 가든 일터에 가든 가족생각으로 외롭고 위축이 되는 것을 해결하는 방법을 찾아 온 힘을 다한 것은 지성이면 감천至誠而感天이란 말에 적중한 힘이었다.

아내만큼 공부를 철저히 했으면 지금 나는 대학 강단에 서서 강의를 하고 있을 것이다. 박사, 의사, 변호사를 상류층으로 구분하고 차별하는 사회이지만 나는 내 적성에 맞는 것을 찾아 행복하게 살아가고 있다.

아내는 공부를 억지로 하는 것이 아니다. 하고 싶은 것을 하는 것이다.

아내의 그 열정은 곧 현실로 이어진다. 목표가 세워지면 생사결단生死決斷 하는 성격으로 시카고 북쪽에 있는 먼델라인 여자대학교(현재 로욜라 대학교에 병합)에서 공부했다. 전공은 영양학이다. 사는 동안 영어를 사용해 본 적도 없고 영어로 강의를 들은 적도 없는 터라 언어가 큰 장애요인이었지만 밤을 새서라도 40, 50페이지를 몽땅 외워 버리는 노력파였다.

두 아이 돌보고 밥하는 것은 내가 맡았다. 주중엔 두 아이를 탁아소(Head start)에 아침에 맡겼다 오후에 찾아오고, 주말엔 엄마가 공부하는 도서관 뜰에서 점심을 같이 먹은 후 엄마는 도서관으로 돌아갔다. 그 잠깐 동안 아이들은 엄마 주위를 맴돌며 목을 끌어안고 무척 좋아했다. 보통날 아이들이 학교에서 돌아올 오후 3시쯤 엄마는 집으로 전화해 그날 있었던 일들에 대하여 이야기를 듣고 아이들에게 손 씻고 발 씻고 세수하고 피아노 연습하고 아빠가 올 때까지 텔레비전에 나오는 쎄싸미 스트리트를 보고 숙제를 하라고 당부하면 그대로 따라 주었다. 아이들은 고맙게도 엄마가 이야기한 대로 잘 따라 주었다.

아이들은 엄마 아빠가 공부하는 모습을 보면서 저희들도 책을 읽는 척한다. 그림 보고 읽는 것이 꼭 글을 읽는 듯 글자 하나 틀리지 않고 그대로 외워 중얼거리는 것이 대견스럽다. 방을 이리 저리 뛰면서 책을 읽는다.

나는 아이들을 재워 놓고 밤 11시 도서관으로 아내를 픽업하러 간다. 운전하는 동안 차에서 몇 마디 나누는 이야기가 전부다. 집에 도착해서도 아내는 새벽 2시, 3시까지 불을 켜 놓고 책을 읽고 메모를 한다. 아이들이 변소 가려고 일어났다가 엄마가 공부하고 있는 것을 보고 왜 안 자느냐고 묻고는 또 가서 잔다. 아이들은 엄마는 공부를 열심히 한다는 것을 보고 있다.

엄마는 언제나 아이들에게 학교 성적이 전부는 아니지만 사회에 나갈 때는 이력서를 쓸 때 성적이 많이 참고가 된다고 얘기해 주었다. 두 딸 명아와 명원이는 방학 때 집에 와서는 가까운 초급대학에 등록하여 학점을 얻어 본대학을 3년 만에 졸업하면서 엄마의 판단과 결정이 많은 도움이 되었다는 것을 실감하고 자기들의 진로에 대하여 엄마와 많은 얘기를 나누곤 했다.

화학이 필수과목이라 택했는데 무기화학에 자신이 없어 개인교수를 찾아 모자라는 것을 보강하고 실습을 착실히 함과 동시에 화학실험 결과를 세밀히 적어 교수님에게 제출했다. 교수님은 반가워하면서 잘했다고 그런 모습으로 계속하라고 격려했다.

이렇게 공부를 마치고 졸업식에 참석했다. 이날 아이 둘의 손을 잡고 친구 목사 내외 그리고 조카 내외 모두 졸업식에 참석했다. 아침 9시 미시간 호수 바로 옆에 세워진 훌륭한 건물 옆에 사각모를 쓴 학생들이 늠름하게 식장을 향해 걷고 있다. 환한 웃음을 지으며 입장하는 학생들과 같이 아내도 까만 가운과 사각모를 쓰고 단정하게 걸어 들어간 이 감격스러운 장면을 카메라에 담았다.

아내가 졸업하던 날

온 힘과 정성을 다하여 이루어 낸 꿈의 구현이다. 서울에서 고등학교를 졸업하던 날 대학에 그토록 가고 싶었지만 오빠가 고향으로 내려

가라고 호령을 하던 날 슬피 울었던 기억이 되살아나면서 나는 꿈을 이루었다는 기쁨에 감사하고 또 감사한다. 그때 그토록 갈망했던 꿈을, 결혼하고 아이 둘 낳고 미국에 와서 8년 후에 이루었다는 것은 기적에 가까운 꿈의 구현이다. 미시간 호숫가에 있는 아름다운 도서관 길로 줄지어 들어가는 졸업생들, 검은 가운에 사각모자를 쓴 여학생들 그중의 하나 하영河榮이다.

강당으로 들어가 조용히 앉아 있는 동안 나는 순서지를 보면서 아내의 이름을 찾았으나 긴 명단엔 없었다. 옆에 앉아 있는 미국 여자에게 물었다. 이름이 무엇이냐고 묻는다. 당장 이름을 찾아 보여 주며 "우등생(cum laude) 쪽에 들어 있네요. 축하해요!" 손을 내밀어 악수를 청한다.

감격이었다. 그 부실한 영어로 간신히 턱걸이만 해도 다행이라고 생각했던 나에게는 감격이 아닐 수 없다. 내가 초등학교 때부터 대학원을 졸업할 때까지 우등을 해 본 적이 없던 사람이라 아내의 우등생이라는 사실에 놀랐다.

우등생으로 졸업한다는 것을 아내는 미리 알았을 텐데 지금까지 얘기하지 않은 것은 공부하게 밀어준 은혜의 보답이라 깜짝 선물을 주려고 아무 말 없이 있었다는 것이다. 이 후론 깜짝 선물을 별로 좋아하지 않는다.

미국 지성인들의 참모습

졸업식이 끝나고 가운과 모자를 돌려준 후 그동안 친절하게 사사해 주신 화학化學교수 수녀님을 찾아 그동안 지도해 주심에 깊이 감사한다는 인사를 했다. 그 수녀님은 榮의 두 손을 잡고 "너 같은 학생을 가르쳤다는 사실만큼 더 큰 기쁨은 없다. 내가 고맙다고 말하고 싶다!" 하시면서 당신이 기거하시는 수녀관(修女館)을 보여 주셨다. 모든 수녀님들 평복차림으로 책을 들고 걷는다. 수녀로서 평생 후세들 교육을 위해 헌신하는 분들이다. 학교가 천주교 재단이라 신부, 수녀들이 후학을 위해서 많은 연구와 박사논문으로 대학교수가 된 분들이다. 편안한 평복으로 다니는 모습, 사심 없이 하루 세 끼 먹으며 공부하고 가르치는 스승의 모습, 결혼이라는 것, 아이들을 갖는다는 것 모두 뒤로하고 교육에 헌신하는 모습에 감격했다.

졸업 후 시카고에서 영양사 양성을 위한 수련코스(Internship)는 시립병원(Cook County Hospital)에서 했다. 시험 없이 성적과 추천을 참작하여 전형한다. 다른 병원과 달리 월급을 주면서 훈련시키는 수련과정이라 지망생들이 많았다. 아내는 제1차 사정에서 탈락되었다. 그러나 다행히도 1차 합격자 한 사람이 포기해서 아내의 입학이 자동적으로 승인되었다.

영양사 수련 프로그램에 합류했다. 이 시립병원은 무료 환자가 많아 의료 간호사와 영양사 양성을 위한 수련과정이 탄탄했다. 환자들의 병에 따라 식사의 종류, 양 그리고 칼로리 등을 계산해 마련하는 급식이기 때문에 의료기관보다 수련과정이 더 넓고 짜임새가 있었다.

닷(Dodd)이라는 영양사 양성프로그램 관장의 스케줄에 따라 하루 8시간씩 10개월 수련을 마쳐야 했다. 짧은 영어지만 땀 흘리며 훌륭히 마치고 수료식修了式에 참석했다. 수료식이 끝나고 수련코스를 총괄했던 닷(Dodd) 여사는 졸업 인터뷰를 하자며 잠깐 그의 사무실에 나를 불렀다.

닷 여사는 일어서서 정중하게 말했다.

"당신은 기혼이고, 외국인이고, 어린 아이가 있어 염려한 나머지 전형에서 뺐었는데 그것은 나의 실수였습니다. 나의 착각이었습니다. 지금부터는 절대 그런 선입관에 개의치 않겠습니다. 모든 인턴들의 모범이 되어주어 참 기쁩니다. 나의 추천서가 필요하면 언제든지 연락 주세요."

榮의 손을 잡았다. 이렇게 진심으로 말해 주는 지성인의 모습, 고맙고 또 고마웠다. 여태껏 마음에 두었다가 미안할 정도로 사과하는 모습은 충격적인 감동이었다. "괜찮습니다. 나에게 기회를 주신 데 대하여 감사드립니다." 말하면서 머리를 숙였다. 그는 나의 손을 잡은 채 "수료증을 받은 사람들 중에서 당신 한 명만 우리 병원 영양사로 채용되었습니다. 다음 월요일부터 출근하시기 바랍니다." 한다. 그 많은 사람 중에서 한 명에 내가 뽑혔다는 것은 기적 같은 얘기다. 그래도 인종차별이 있다는 사회풍토에서 영橤이 홀로 선정되었다는 것은 놀라운 일이 아닐 수 없다. 나를 불러 정중히 사과하고 격려해 준 것에 대해 진심으로 고마웠다. 선생과 학생의 관계이지만 Dodd은 사람을 인격의 대상으로 보아준 스승이다.

영양사 자격시험의 날

영양사 자격증을 얻기 위해서는 영양사 자격시험을 통과해야 했다. 영양학을 전공, 졸업과 수련기간을 거쳤지만 영양사로서 일선에 나가 일하려면 미국영양사협회의 규정에 따라 자격시험을 통과해야 했다. 그동안 학문으로 배운 바를 샅샅이 점검해 놓고 시험 날을 기다렸다.

구름 한 점 없는 화창한 이른 아침이다. 시내까지 가자면 30분이 소요된다. 미시간 호수를 끼고 있는 미시간 호수 위로 떠오르는 붉은 태양, 천지를 밝히는 아침이다. 이 솟아오르는 광경! 燊의 앞날을 축복해 주는 듯, 힘차고 아름답다.

나는 옆에 있는 燊에게 말했다.

"당신, 시험에 합격하겠어! 저 태양을 봐!"

燊도 동감하는지 "하나님께 감사해요." 한다.

시험장에 도착했다. 燊은 천천히 걸어 들어갔다. 여기저기 응시자들이 차에서 내리고 있다. 그들도 우리와 비슷한 얘기를 나누었으리라 짐작하면서 나는 호숫가 공원으로 갔다. 시내 중심가를 끼고 있는 넓은 미시간 호수는 오랜 세월 변함없이 출렁이고 있다.

끝날 시간이 되어 시험장 앞으로 갔다. 걸어 나오는 榮의 얼굴이 벌겋다. 오랫동안 긴장했던 모양이다. 차에 오르는 榮에게 물었다.

"시험 어땠어?"

"최선을 다했으니 결과는 하나님께 맡겨요. 너무 걱정하지 말아요. 빨리 집에 가요. 아이들도 픽업해야겠고."

미국에서의 꿈을 이루기 위한 과정이다. 하나둘 이루어 가고 있다.

나는

나는 가난한 목사님을 아버지로, 늘 가족 먹고사는 일에 고달팠던 어머니가 계셨는데 힘들 때면 "내 모든 시험 무거운 짐을 주 예수 앞에 아뢰이면……" 찬송을 부르시며 펑펑 우셨다. 이것이 내가 자랄 때 기억하고 있는 어머니다. 당시 어머니는 외롭고 고달팠다. 모든 어려움이 자신의 무능력이라 않고 모두 하나님의 뜻으로 돌리는 남편 하 목사님을 뼈가 시리도록 미워했다. 나는 종종 아버지에게 하는 어머니의 욕을 들으면서도 아무 대꾸 않고 눈을 감으시던 아버지를 불쌍하다고 생각했지만 철이 들고부터는 애초에 부부가 되지 말아야 될 분들이 외할아버지의 명령으로 부부가 되어 지옥을 거닐고 있다고 느꼈다.

아버지에게는 맞지 않은 여인이었다. 의식주 걱정을 맡아 해야 되고 아이들 학교 등록금 생각해야 하고, 모든 것 일체 걱정을 해야 했던 어머니에 비해 아버지는 기도와 묵상으로 어머니를 더 괴롭게 만들었다. 그래도 따를 만한 좋은 성격을 찾는다면 겸손이다. 자신을 낮추고 상대를 존중하는 성품으로 많은 사람들의 사랑을 받으나 어머니로부터는 욕을 먹는다.

아버지는 애초에 다소곳한 여자, 주면 주는 대로 만족하고 복종하는 여자가 적격이었다면 어머니에게는 생활력이 강하고 아내를 사랑하고 어루만지는 부부관계도 좋은 남자를 만났다면 행복하였으리라 생각한다. 그것은 생각이었지 실은 정반대였다. 우연히 만나도 천상배필이 될 수도 있고 고르고 골라도 잘못 고를 수도 있는 그때, 여자에게 선택이라는 자유가 주어지지 않았던 시대라 누구를 탓하겠나. 운명인가? 나는 어머니 화풀잇감으로 매를 많이 맞았지만 이해를 한다. 왜 맞는지 전혀 모르고 꿇어앉은 채로 손을 비비며 운 적이 자주 있었지만 커서는 왜 그리셨는지 알 수 있었다. 아버지에게 돌아갈 매가 나에게 온 것이다.

나는 배고팠던 생각을 빼고는 행복했다. 친구들과 늦게까지 놀던 생각이 난다. 늘 명랑하고 진취적이고 행복했다는 것, 성격이 낙천적이라 눈물을 닦으면서도 늘 웃었다. 친구는 언제나 많았고 저녁이면 친구들과 축구, 찜뽕(말랑한 고무공을 주먹으로 치고 뛰는 야구식 운동), 딱지치기, 잣 치기, 구슬치기, 목말 타기(서너 명이 허리를 구부리고 앞의 아이 다리 밑으로 머리를 처박고 목말을 만들어 그 위로 올라타기) 등 다양한 놀이의 선수였다. 내성적(內省的)이 아니고 외향적으로 장 양과의 교제도 주저하지 않고 그냥 팡팡 speed up하는 성격으로 마음에 있는 얘기는 부끄럼 없이 다 했다. 예의를 갖추기보다는 솔직하고 빠른 것이 장점이며 동시에 단점이기도 했다.

데이트하던 어느 날 榮에게 내가 미국 유학 갈 준비로 I-20 Form을 받아냈다고 말을 한 순간 영(榮)은 놀란 듯이 반색을 하며 물었다. 자신이 그렇게 원하는 대학, 미국 가서 다닐 수 있을까요? 오랫동안 간직했던 꿈을 이룰 수 있을지? 그렇게 바라던 배움의 기회가 자신에게도 주어질지 궁금한 모양이다. '이 사람과 결혼하면 나도 미국 가서 공부할 수 있겠구나!' 웬일인지 덥석 믿음이 갔다. 결코 허황한 이야기라고 들리지 않았다. 榮은 마음을 굳혔다.

하나님이 기회를 주시면 나도 공부를 할 수 있겠구나! 웬일인지 확신이 갔다. 아무런 약속도 보증도 없지만……

'이 사람과 결혼하는 것이다' 자신의 간절한 꿈을 이루도록 후원해줄 사람이라 믿었다. 한 여인으로서, 아내로서 그리고 아이들의 엄마로서 미국이라는 큰 나라에 가서 하고 싶었던 공부를 하고 당당하게 일할 수 있는 사회의 일원이 될 수 있다는 확신을 갖는 순간 흥분이 되고 하늘을 날듯 힘이 솟았다. 희망이 보였다. 땀 흘려 농사짓는 농부에게 가을이 있다는 것은 희망임과 동시에 자기 수고에 대한 믿음이요 결과다. 이것이 榮의 '꿈이요 간절한 소망'이었다.

이렇게 우리 둘은 하나가 되어 걸어왔다. 아이들도 열심히 따라 주었다.

나의 미국으로의 꿈(My American Dream)은 꿈의 모습을 벗으며 현실이 되었다. 심은 묘목苗木이 큰 나무가 되는 과정을 성장이라고 말한다면 꿈의 실현은 의지와 인내의 결과라 하겠다. 동시에 축복이다.

시카고 노인건강센터 (Center for Seniors)가 시작되다

시카고 북부지역에 있는 건물 7층에 조그마한 방을 월 $150.00에 얻었다. 당시 로렌스街에서 녹용집을 운영하던 김순임 여사의 후원으로 15인승 작은 버스를 구입하여 내가 운전하고 프로그램도 진행했다. 아내는 사무를 보면서 식사관계를 다 맡았다. 연방정부의 뜻은 노인들이 자기들이 속해있는 지역사회를 떠나 양로원에서 사망하는 경우를 참작하여 가능한 한 자기들이 살고 있는 동리 가까이에 함께 모여 즐겁게 살아갈 수 있도록 하는 노인건강 프로그램(Adult Daycare Program)을 추진할 때다. 노인급식, 정서생활, 사회적 유대 등을 고려하여 미 전국 노인들을 위해 벌인 복지프로그램이다.

시간을 함께 보내면서 육체적으로, 사회적으로, 정서적으로 좀 더 건강히 지내자는 취지에서 만들어진 연방정부의 자금지원과 주정부의 지침에 따라 시작한 사업이다. 양로원보다 생활환경이 좋다는 뜻이 그 첫째요 둘째로는 양로원을 지원하는 보조금보다 노인센터를 지원하는 것이 경제적인 측면에서도 도움이 된다고 판단한 것이다. 더 나

노인센터 기공식 유지들과

아가 노인 자신들이 살던 동리 근처에서 사는 것이 노후생활이 보다 즐거울 수가 있다는 데 역점을 둔 프로그램이다. 연방정부에서 후원하고 주 정부에서 운영하는 전국적인 노인건강 프로그램이다.

손자 손녀들 다 대학에 가고 할머니 할아버지가 집에 남아 있으면 지루하고 의기소침되어 몸도 마음도 쇠약해지는 것을 예방하고 삶의 질을 향상시키자는 좋은 노인복지정책의 하나다. 재정적으로 미흡하지만 소셜워커로서 영양사로서 해 볼 만한 영역이다.

봄이 오면 미시간 호숫가에 나가 바비큐도 하면서 즐거운 시간을 보냈다.

좁은 공간을 벗어나 넓은 호숫가로 나왔을 때 모두 가슴을 펴고 심

호흡을 한다. 하루 종일 조그마한 방에 있다가 넓고도 넓은 호숫가에 나왔을 때를 상상해 보자! 상쾌한 기분, 이런 세상도 있구나 할 정도로 쾌적해진다. 혼자서 못 하는 것을 함께한다.

세상이 즐겁다. 아침 8시에 시작해서 오후 2시까지 함께 지나는 여섯 시간 심신이 활짝 피는 날이다. 준비해 온 불고기로 점심하고 확성기를 틀고 노래자랑에 들어가면 언제 그랬느냐는 듯이 모두 젊은 시절로 들어간다. 시원한 바람이 스칠 때면 "참 좋다!" 환성이 터진다. 긴 나날을 혼자 방에 앉아 있을 때와는 비교가 안 된다. 노인건강센터는 이름이지만 모인 사람들의 이름은 형제자매다. 불만을 토로할 때도 있고, 즐거워 노래를 부를 때도 있고, 서러워 울 때도 있고, 화가 나서 욕을 할 때도 있고 모든 것을 자유로이 할 수 있는 곳이다. 그러나 남에게 불쾌감을 주어서는 안 된다.

정부에 보낼 보고서 작성과 프로그램 보강, 일과표 작성, 내일 계획을 세우는 등 바쁘다. 모든 회원을 집에 모셔다 드리고 돌아오면 해질 무렵이다. 아내와 나는 서쪽 큰 창문을 맞대고 앉아 하루 일을 정리하고 내일 계획을 세운 후 퇴근할 준비를 한다. 숨 가쁜 하루다.

집에 가려고 일어설 무렵 큰 창문으로 들어오는 붉은 노을이 너무나 아름답다. 신발을 벗은 채로 지는 노을을 바라본다. 하루의 피곤을 씻어 준다.

얼굴이 불그스레 물들여지는 순간이다. 노을은 말이 없으나 웃음은 온 천지를 뒤덮고도 남는다. 밀레의 〈만종晚鐘〉에서 보듯, 들에서 일하던 부부가 노을에 서서 멀리서 들려오는 예배당 종소리에 손을 모으고 감사드리는 장면 하루가 감사했다.

만남이라는 것이 우연히 찾아온 것이었지만 머나 먼 타향이라는 점에서 특별하다. 살아가면서 친구가 되는 축복이 따로 없다. 어디를 가나 어디에 있으나 노인건강센터가 큰 힘이 되었고 지금도 그렇다. 함께 모이는 데서 얻는 기쁨, 쌓이는 정, 우리들이 먹는 고향 음식, 모두 오랫동안 간직한 꿈이었다. 이런 그룹에 활력소가 되는 것은 사회적 프로그램으로 강연과 시청각교육, 여가선용, 하루 소풍 등 다양하지만 무엇보다도 중요한 것은 서로 서로의 정다운 사귐이다. 다시 말하자면 소원했던, 굶주렸던 인간관계의 복원이다. 사슴도 사자도 무리를 떠나면 일찍 죽는다는 이야기처럼 유대감과 소속감은 동물들의 존재를 이어 주는 고리다. 노인건강센터가 이 중요한 일을 하고 있다.

1993년 9월에 창립해서 2023년 오늘에 이르기까지 4개의 건물과 400명의 수혜자 그리고 50명의 직원들 모두 함께 가슴을 맞대고 산다.

바람도 숨어서 울었다는 코로나 유행병이 창궐했을 때 많은 사람들이 특히 노인들이 불편했고 고생도 많았고 영민永泯한 분도 있었다. 자식들도 부모를 만나지 못하고 전화로 안부를 묻고 살았다.

사회적 유대가 차단된 상항에서도 본 센터의 온 직원은 한데 뭉쳐 동분서주하며 음식을 배달하고 각 회원들의 안부를 전할 때 회원 모두 숨통이 열린 듯했다고 회고한다. 직원과 문 앞에서 나누는 몇 마디에 숨통이 트일 정도였다.

집안에 감금(?)되다시피 꼼짝을 못 하고 있는 이때, 센터 직원들은 노인 한 분 한 분에게 전화해 안부를 묻고 따뜻한 점심을 만들어 각 가정에 배달하면서 소식을 나눌 수 있었던 것은 오래 기억될 일이다. 센터의 노력으로 인해 숨통이 트이고 먹을 수 있고 직원들과 얘기할 수 있고… 교회도 절도 성당도 못 했던 일들을 본 센터가 해 나갈 때 모두 환호했다. 지금 이야기하기엔 쉽고 간단하겠지만 그렇게 쉬운 일은 아니었다.

서비스 재개再開를 위하여 직원들이 모여 전염예방 차원에서 식탁에 칸막이를 만들고, 마스크와 소독비누를 비치하여 철저한 예방豫防 조치를 취한 후 주정부 노인국에 이 영상을 촬영해 보냈다. 노인국에서는 이 핸드폰 촬영을 일리노이주 전 노인건강센터에 보내고 그대로 따르도록 했다. 우리가 하는 시카고노인건강센터 프로그램이 탁월하다 하여 종종 우리 센터에 의견을 물어오기도 하고 일리노이주 산하 전 노인건강 프로그램 관계자들에게 소개했다.

사람은 외딴섬이 아니다. 함께 사는 고향이다. 혼자 있으면 고독이다. 즐기는 고독이 아니라 외로움으로 병들게 하는 고독이다. 뭘 모르는 사람들이 고독을 사랑한다고 쉽게 말하지만 처절하게 외로울 때면 위로해 주는 상대가 있어야 사람 사는 세상이다.

과욕(過慾)의 교훈

노인건강센터의 시작은 어려웠다. 돈도 없었고 성공하리란 보장도 없었고 시카고 주택청 일도 싫증이 났다. 무엇인가 새로운 것을 찾아 크게 사업을 하고 싶었다. 쉽게 표현한다면 '허영'에 빠진 것이다. 내가 도와준 친구들은 시카고에서 2~3년 사업하다가 갑부가 되어 뉴욕으로 휴스턴으로 이사를 갔는데 나는 다람쥐 쳇바퀴 돌듯 지루했다. 슬럼프에 빠졌다.

그러던 중 가을로 접어드는 어느 날, 한 중년 여인과 20대 후반의 키 큰 청년이 내 사무실을 찾아왔다. 여인은 머리 숙여 공손히 인사를 하면서 아들을 소개했다. 뉴욕에 본사를 둔 장거리 전화회사를 대시하여 지사 설립차 시카고에 왔다고 하면서 회사 이름은 KCC라고 한다.

"하 선생님에 대한 얘기를 잘 듣고 왔습니다. 도와주시면 고맙겠습니다. 홍보를 부탁드립니다. 미국 정부에서 장거리 전화회사 설립을 허용하기 때문에 앞으로는 AT&T 회사의 독점기업에서 벗어나 경쟁하게 될 것입니다. 지금 미 전국에서 이 새로운 붐이 일어나고 있습니다." 하며 뉴욕에 있는 본사 사장 최 씨하고 전화통화 하도록 연결을 시켜 준다. 현재 각 도시에 지부를 세우려고 하는데 지사장으로 나와 달라는 간절한 부탁이다. 시카고를 위시해서 미 중서부 전역에 홍보를 하고 싶다는 얘기도 했다. 관심 있는 분들이 모인다 해서 뉴욕까지 갔다. 10여 명이 모였고 전화에 대한 기술자라는 미국 사람 둘이 와 있었다. 모두 큰 관심이 있는 듯 질문도 많았고 LA서 온 사람은 자기가 California 전체를 맡겠노라며 경쟁하려는 눈치까지 보였다.

나는 집에 와 아내와 의논했다. 아내는 일언지하에 'No!'였다. "당신은 그런 사업 체질이 아니기 때문에 살벌한 그 경쟁에 들어가면 실패해요……." 단호했다. 나를 만날 때부터 지금까지 '장사 무키(타입)'가 아닐 뿐만 하니라 그 길로 성공할 수 없다는 얘기다. 그러면서 이유를 다음과 같이 열거했다. 첫째, 남의 말에 잘 넘어가는 타입, 둘째, 돈도 없고 셋째, 그 사업에 대한 경험도 없고, 넷째, 온 사람이 여자이기 때문이라고 말했다. 전부가 부정적이다.

그러나 아들을 대동하고 나를 찾아온 그 여인은 "하 선생님은 좋은 인품에 미국 사람들과도 의사소통이 잘되시니까 하시면 됩니다. 성공하십니다." 말하면서 한인 사회의 유지들을 많이 만나고 왔다는 것이다. 그리고는 유지들의 이름을 줄줄이 대면서 그들보다는 내가 자격이 된다는 얘기다.

아내의 반대에도 불구하고 사채私債를 얻어 뉴욕 본사에 모인 사람들과 계약을 했다. 이제부터는 사업 허가를 얻어내는 데 몰두했다. 사장 최 씨는 일주일에 한 번씩 매 수요일마다 연락을 하더니 한두 번 거르기 시작했다. 이렇게 수요일이 여러 번 지났다. 늦어지는 이유를 모른다. 모두 의심하기 시작했다. 나도 동업하자는 그 여자에게 독촉을 했다. 그 여자와 아들은 거짓말을 늘어놓고 곧 좋은 소식이 온다며 미루어 나갔다. 하루는 한국 한보그룹의 부사장이 미국으로 오기 위해 이삿짐을 시카고로 보내는데 이불속에 미화 20만 불을 넣어 오게 되어 있으니 그 이삿짐이 도착할 때까지 좀 기다려 달라기에 기다렸으나 두 주가 되던 날 하는 말이 그 이삿짐이 몽땅 뉴욕으로 갔다는 것이다. 그제야 '사기'라는 생각이 들었다.

이런 꼴을 보아온 아내는 마지막 날 대성통곡을 하고 두 딸을 불렀다. 아내는 아이들에게 오랫동안 속아 온 이야기를 하고 아이들로부터 돈을 모아 모든 채권자들에게 빌린 돈을 돌려주었다. 큰딸 명아가 대단히 분노하여 엄마 아빠는 이혼하는 것이 좋겠다고 말할 정도로 격앙해 있었다. 아내는 정색을 하고 말했다.

"명아야, 마음 같으면 그러고 싶지만 지금 이혼할 수는 없어. 아빠가 암에 걸려 죽어 가고 있다면 내가 버릴 수는 없지 않냐. 힘들지만 내가 간호해야지. 누구나 일하다 실수나 실패는 할 수 있는 법."

명아의 손을 잡고 마음을 바꾸자고 권유했다. 명아는 아무 말 없이 엄마를 쳐다본다. 아내는 한숨을 쉬더니 명아의 손을 잡고 일어선다.

결혼 후 27년 만에 처음으로 뼈아픈 순간이다. 아내에게 준 큰 상처다. 어떻게 아내에게 말을 건네야 할지 고민이었다. 이런 실수의 원인은 나 자신을 너무 몰랐던 무지다. 아내의 말에 귀를 기울였어야 했는데 단독으로 결정했다는 것……. 한쪽에서는 하면 성공한다. 다른 한쪽에서는 실패한다는 두 말을 놓고 오래 고민했지만 선택은 잘못된 것이었다. 세 살 난 아이 말도 귀담아 들으라 했는데….

아버지가 일러 주신 "知彼知己면 百戰百勝하고 不知彼不知己면 百戰百敗라–상대를 알고 나를 알면 백 번 싸워 백 번 이기고, 상대도 모르고 나도 모르면 백 번 싸워 백 번 다 진다. 즉 상대가 어떤 사람인지 잘 알고 상대하면 실수가 없지만 상대가 어떤 종류의 사람인지 잘 모르고 대하면 실패한다."는 것을 알고 있었으면서도 '나도 큰돈 벌 수 있다'는 자신自信(?) 아니 오만傲慢 때문에 험한 굴속으로 빠진 적이 있다.

"당신은 장사 무키(일본 말, 체질)가 아냐. 사람들 속에서 어울려 살다가 죽을 사람이지. 장사하면 백 번 다 속을 사람이야! 지금 나하고 같이하고 있는 이 일이 시작은 힘들겠지만 당신이 해야 할 천직으로 알고 해야 해!"

아내가 한 말, 후회하기엔 이미 늦었다. 욕심으로 인하여 부서지는 나의 모습이 초라해 보였다. 아내에게 용서를 구했고, 노인복지 일을 위해 다시 아내와 함께 하기로 다짐했다.

계속 일하고 생각하고

　본 노인건강센터에 참석하는 많은 노인들이 외부와 단절되어 있는 노인들보다 더 건강하고 행복하다. 외부와 단절된 노인들은 노화현상이 빨리 오고 무력해지고(Helpless) 살고자 하는 뜻이 없다(meaningless). "인생에 있어서 오직 중요한 한 가지는 '사람들과 따뜻하게 어울려 살 수 있는 관계'이다. 행복을 정하는 요인은 부(富)도 명예(名譽)도 학벌(學閥)도 아니다. 행복하고 건강한 노년은 사람들과의 좋은 관계 그리고 항상 바쁜 움직임에 달려 있다."

　월딩거(Dr. Han Wildinger) 하버드 대학교 교수의 말이다. 1000명이나 되는 하버드 졸업생들을 중심으로 21년에 걸쳐 조사한 결론이다.

　행복할 수 있는 교육과 방법을 소개하면서 만나는 친구들과 직원들 그리고 가족(멀리 떨어져 살아도)들과의 질적인 관계증진에 역점을 두고 있다.

　매일 제공받는 영양식은 물론 음악, 미술, 서도, 꽃꽂이, 노래자랑, 장기, 바둑, 그리고 다양한 프로그램으로 '행복한 시간을 만든다 '하루의 삶은 하루의 행복이다'라는 표어다.

노인 아파트에 살다 양로원, 병원 그리고 죽음에 이르는 것이 마지막 거치는 과정이지만 종점에 내리기 전까지는 즐겁게 살자는 것이다. 이런 취지의 프로그램이 바로 노인건강 프로그램(Adult Day Care Program)이다.

이렇게 시작한 지 어언 30년이 흘렀다. 봄, 여름, 가을 소풍을 간다. 꽃이 한창인 봄, 미시간 호수에 두둥실 떠도는 유람선, 붉게 물드는 가을을 따라 시간을 함께 보낸다. 정성껏 준비한 도시락을 나누며 옛날 어린 시절을 회상하는 시간이다. 노래를 부른다, 피리를 분다, 꽹과리를 친다, 춤을 춘다. 흥에 겨운 이 시간은 노인들이 동심으로 돌아가고 있는 시간이다.

1965년 9월 15일 꿈을 안고 온 우리는 미국서 열심히 살아온 지 58년이 된다. 이 긴 세월 동안 아내와 나는 꿈을 버린 적이 없다. 이 꿈을 향한 노력이 중단된 적도 없다. 꿈을 이루는 데는 중단 없는 지속성이 필수라는 것을 알고 있었기 때문이다. 두 아이들도 아빠 엄마와 함께 성실하게 살아왔다. 끈기 있는 한국의 후손으로서 미국의 시민으로서 살았다. 감사하다. "우리는 산다. 어떻게 사느냐? 행복하게 산다. 어떠한 행복? 사랑하며 용서하는 행복! 누구와? 가족, 형제자매, 이웃 그리고 우리 모두."

생일 파티

추석, 호숫가에서

성탄, 직원과 새해 노인 회원들

20주년 기념

20주년 기념, 플로리다에서 직원 수양회

죽음의 문턱에서

2016년 9월 어느 날 나는 교통사고로 의식불명이 되어 응급실로 실려 갔다. 고아(孤兒)로 자란 최성봉이라는 청년이 〈코리아 갓 텔런트〉에서 1등한 것이 전 세계에 알려지면서 시카고에 살고 있는 많은 분들이 도와주자는 뜻에서 성봉이를 위한 자선음악회를 준비 중이었다. 던디(Dundee)길 서쪽으로 가던 중 갑자기 골목에서 나온 사막용(沙漠用) 중형차에 받혀 차가 박살이 났고 뒤에 오던 차도 충돌하는 큰 교통사고였다.

내 차 혼다 아디씨(Honda Odyssey, 7인승 밴)는 완전히 찌그러졌고 안에 있는 나는 벨트를 맨 채 의식불명으로 머리를 떨어뜨리고 있었다. 긴급 출동한 소방서 구조팀이 톱으로 지붕을 잘라 내고 나를 끌어올려 대기 중인 구급차로 병원에 보냈다. 대형 차 사고다. (소방 기록에서)

병원 수술실에서 대기 중이던 의사 둘(Wabo와 Wilson)이 명치에서 배꼽 아래까지 가르고 흥건히 고인 피를 기계로 빨아냈다(suction). 주변의 충돌로 벨트가 꽉 조인 바람에 소장小腸의 일부가 파열되어 12인치를 제거한 후 장腸을 완전히 청소했다. 회복실로 옮겨졌다.

의식불명아 되어 시간마다 간호사의 혈압체크를 받고 통증해소를 위해 시간마다 모르핀 주사를 맞으면서 지내던 중 의사의 요청에 따라 온 가족이 병원으로 모였다. 레일(rail)을 잡고 있는 아내에게 주치 의사는 "소리 내어 환자에게 말을 건네시오!" 호령을 했다.

아내는 '여보' 소리 내어 계속 크게 불렀다.

'응…' 반응이 왔다. 지켜보고 있던 의사가 "좀 더 크게!" 소리쳤다.

아내는 더 큰 소리로 불렀다. 순간 눈을 지그시 떴다.

밤은 깊었고 가족들은 집으로 돌아갔다. 죽은 듯이 조용한 입원실, 가끔 환자의 기침소리만 들릴 뿐 아주 조용하다. 희미한 불이 켜 있는 환자실에 가끔 간호사가 들어와 혈압을 체크하고 주사를 준다. 천천히 카트를 밀고 지나가는 간호사를 보고 "여기가 어디요?" 물었다. 병원이란다. 왜 내가 병원에 왔느냐?고 묻자 교통사고로 왔단다. "아내와 얘기를 하고 싶은데 좀 연결을 시켜 주시오." 부탁하여 연결이 되었다.

"여보! 왜 내가 여기 컴컴한 방에 있소? …… 나를 이렇게 여기 내팽개치고 잠이 와요?" 소리쳤다. 아내는 울먹이며 "여보, 나 방금 집에 왔소. 지금 자정이 넘었으니 그만 자요. 내일 내가 갈 거예요……." 하고 끊었다.

변소출입이 가능해지면서 아내의 손을 잡고 복도(Hallway)를 걷기 시작했다. 링겔 주머니가 걸린 철대를 끌면서 한 발 한 발 걸었다. 며칠 후 퇴원했다.

아무도 없는 집에 나를 놔둘 수 없다며 나를 대동하고 켓지센터 (Kedzie Cener)로 출퇴근했다. 사무실에 앉아 100% 간호를 받았다. 그늘을 지어 주는 큰 나무에 새소리, 작은 연못에서 한가로이 헤엄치는 붕어들, 아름다운 꽃들 매일 보던 것들이지만 지금은 새롭다. 아름다운 동산에 산책 나온 것 같다.

아내는 나를 요양병원에 보낼 수 없다며 손수 간호했다. 목욕, 식사, 옷 갈아입기 등 손발이 되어 주었다. 점차 나의 건강은 회복되기 시작했다. 지팡이 짚고 한 발 한 발 밖으로 나가 걸었다. 동리를 한 블럭 돌아올 생각으로 밖으로 나갔다. 한 블럭 돌다가 며칠 후엔 두 블럭, 다음엔 세 블럭을 돌았다. 걷다 쉬고, 쉬다 걷고 하면서 걸음을 멈추지 않았다. 음식소화도 잘되고 다리에 힘도 주어져 하루가 다르게 건강해졌다.

어느 날 브린마(Brynmar) 길을 걷고 있었다. 목각 수공품을 파는 허름한 가게가 보였다. 다리가 아파 가게 앞에 섰다. 하트形의 작은 목걸이 하나가 눈에 보였다. 초콜릿 바탕에 까만 줄이 물여울처럼 그려진 목걸이다. 시간이 많은 터라 시간가는 줄 모르고 한참 서서 보고 있었다. 작업을 하던 주인이 오더니 "무얼 그렇게 보십니까?" 묻는다. 나는 그 목걸이를 가리키며 얼마냐고 묻자 가격은 말하지 않고 "내가 뉴욕에서 장사하다 얼마 전에 시카고로 왔는데 바빠서 물건들을 다 진열하지 못했으니 한번 들어와 보시죠." 한다.

또다시 얼마냐고 물었다. "$25.00입니다." 한다. 주머니에 손을 넣어 보니 20불짜리 한 장뿐이다. "내일 오겠습니다." 하며 돌아섰다.

"20불에 그냥 가져가십시오!" 상자도 없이 얇은 흰 종이에 잘 싸서 건넨다. 주머니에 넣고 또 걸었다. 초등학생들이 밖에 나와 공을 차며 노는 소리가 이렇게 좋을 수가 없다. 너무 좋아 한참 서서 보느라 좀 늦었다.

"왜 이렇게 늦었어?" 아내가 묻는다. 그 가게 얘기를 하고 목걸이를 꺼내 보였다. "좋아할지 모르지만 당신 생각이 나서 샀지!" 말했다. 자세히 보더니 "어디서 샀어? 수수하네. 빨리 갑시다." 차에 올랐다.

외출할 때는 꼭 이 목걸이를 목에 건다. 하루는 물었다.

"내가 사 준 다른 목걸이도 많은데 왜 이 목걸이만 걸지?"

"이 목걸이는 당신의 정성과 사랑이 듬뿍 담겨 있어! 그 아픈 중에서도 생각하고 사 준 것인데 무엇보다 귀하지⋯⋯. 안 그래요?"

1962년 4월 5일은 우리가 결혼한 날이다. 당시 형편이 되지 않아 아내가 마련해 준 약혼반지를 결혼식 때 다시 끼워 주었다. 내 힘으로 반지 하나 장만하지 못했던 것이 늘 미안했었는데 미국에 와서 건축노동하며 번 돈으로 4부짜리 다이아몬드 반지를 샀다. 빚을 갚는다는 마음보다는 허전했던 내 마음을 달래기 위해서였다. 5년을 지나서야 결혼반지를 해 준다는 것, 늦은 감은 있었으나 너무나 기뻤다.

큰딸 시집가는 날, 동생 명원이와

꿈은 나를 인도하는 등불처럼

불가능한 여건 속에서도 아버지의 끝임 없는 기도와 정성으로 인하여 하늘이 감동했다. 머리가 아니라 내 가슴이 말하고 있다. 만萬에 하나 있을까 말까 한 상황에서 가난한 목사의 아들이 꿈을 이루었다는 사실을 누가 믿겠는가! 요즘 젊은이들 말을 빌리자면 '위층에 계신 큰 형님 덕德'이란 말처럼 그 누군가 나를 찾아주었다는 느낌으로 나는 외롭지 않았고 늘 꿈을 지우지 않았다.

마음 깊은 곳에서 솟는 아버지의 기도하시던 모습 하느님의 모습처럼.

그의 간절한 기도가 헤거 박사의 선물 꿈을 갖고 왔다. 그렇게 나를 배고프게 한 그 고난의 아픔이 아니라 홀로 기도하시던 아버지의 모습이 가슴속 깊이 찾아오는 것은 웬일일까. 나에게 굶주림과 헐벗음을 주셨던 아버지, 기도하시는 모습 불쌍하게 살다 가셨다고 나는 말하지만 아버지는 행복했다 하신다.

각 센터건물에는 하태수 목사 기념 동판을 만들었고, 또한 꿈을 가진 사람들을 돕기 위한 헤거 박사 기념 후원회를 위하여 2022년도에 3

만 불을 후원하고 앞으로 계속해서 비욜라 선생인 그의 셋째 딸 마가렛 헤거(Margaret Hager)가 봉사하고 있는 신체장애 청소년 오케스트라를 돕기 위하여 앞으로도 계속 돕고자 한다. 음악적인 소질이 있지만 신체장애 또는 가난해서 그 재능을 발휘하지 못하는 불우한 청소년들을 도와주고 싶어서다. 어느 날 그 오케스트라 그룹이 시카고에서 공연할 수 있기를 간절히 희망하고 있지만 현재로는 희망사항이다. 그 젊은이들에게 꿈을 심어주고 있는 유스 오케스트라(Youth Orchestra)의 젊은이들을 위해서다.

아프리카 밀림 촌에서 의료봉사자로 살아가신 고 슈바이처 바사처럼 좋은 꿈과 사랑을 베풀다 돌아가신 나의 은인 헤거 박사를 추모하는 의미에서 '헤거 박사 추모 후원회'를 설립하고자 하는 마음이 크다. 꼭 이루고 싶다.

나의 아메리카 드림에 아기로 실려 온 두 딸도 부모 말 잘 듣고 따르며 열심히 그리고 행복하게 자랐다. 큰딸 명아(Mary)는 치과의사로서 노스부룩 자기 사무실에서 오랫동안 일하고 있으며 작은 딸 명원(Martha)이는 계리사 겸 변호사로서 미네소타주에 있는 인공심장 등을 생산하는 회사의 부사장으로 활동하고 있다. 두 딸은 그들이 무엇을 하든 건강하고 행복하도록 늘 감사하며 살아가고 있다. 미국에 와서 부모와 함께 꿈을 안고 먼 길을 함께 걸어온 아이들이다. 명아는 60, 명원이는 58. 같이 늙어 간다. 건강하고 즐겁게!

온 가족이 Sadona로 여행

손자 손녀와 Florence, Italy

온 가족, Mexico의 Cabo에서

회혼식

2022년 4월 5일은 우리의 결혼 60주년(Diamond Anniversry) 회혼식이었다. 아내와 나는 처음 한복을 입고 상기된 얼굴로 홀을 꽉 매운 형제자매들 앞에 섰다. 아내와 나는 서로 회고담을 이야기하고 준비된 노래도 불렀다. 나는 임영웅 씨가 부른 〈밤하늘에 빛나는 별빛 같은 나의 사랑아〉였다. 이 노래 마지막 소절에 "사랑해요! 나를 믿고 따라 준 사람" 나를 믿고 따라 준 아내를 향한 표현이다. 따라 주었을 뿐만 아니라 나를 이끌어 주고 사랑해 준 장본인이다.

'마누라 자랑하는 남자 등신이다'라는 말을 들은 지 오래지만 지금 생각난다.

아내에 대한 자랑은 자랑이 아니라 고마움이며 사랑이다. 언제나 정직하고 올바르고 최선을 다해 꿈을 이루도록 옆에서 함께 최선을 다했다. 나보다 훨씬 세상을 살 줄 알고 누가 무어라 해도 죽을힘(최선)을 다하여 내 옆에 있어 주었다. 이것은 내가 그와 살아온 60년의 평가다. 감정의 폭이 한결같이 천사와 같았다고는 말할 수는 없지만 분명한 것은 정직했다는 것이다. 분노 속에서도 정직했다. 대부분 그의 주장이 옳았다. 나에게 놀라운 추진력이 있는 반면 아내는 정리하고 수습하는 능력이 있었다. 나의 꿈이 아내의 꿈이었고 그 꿈을 이룰 수 있었던 것은 우리의 인내와 열정이었다.

예쁘고 총명한 두 손녀가 있다. 졸업반 때 할머니, 할아버지의 이민사에 대해 이야기를 나눈 적이 있다. 학교 역사시간에 할머니, 할아버지 이민사에 대해 발표를 했다. 그 꿈의 이야기를 하면서 보람을 느꼈다고 한다.

이 글은 우리의 자손들에게 그리고 친구들에게 센터의 형제자매들에게 주는 작은 토막 이야기이다. 우리가 어떻게 아기별 같은 그 꿈을 품고 살았는지를 부분적이지만 더 늦기 전에 서로 나눌 수 있게 되어 기쁘다.

어려운 삶의 고비 고비를 돌면서 이웃들과 즐겁게 삶을 나눌 수 있었다는 것은 축복이요 감사다. 내가 꿈을 이룰 수 있었던 것은 끊임없는 가족 사랑과 '사람을 사람대로 대접하라!'는 신학적 윤리관에 근거를 두었기 때문이다.

'사랑은 모든 것을 참는다'고 했듯이 사실이 그렇다. 사랑하는 사람을 찾아 수백 리를 걸어도 피곤하지 아니함은 사랑하기 때문이다.

'훌륭한 앞날이 있다! 좋은 날이 올 거야. 너는 훌륭해 열심히 달려라!'와 같은 말은 젊은이들뿐만 아니라 노인들에게도 꿈을 준다. 먼 훗날을 위한 꿈이 아니라 오늘 내일을 행복하게 살게 하는 힘이다. 힘차게 자라나는 손자 손녀에게도 꿈을 주자! 지금은 아니더라도 10년 후에 아니면 그 후라도 꿈이 있는 사람은 '나도 할 수 있다'는 힘으로 남게 되기 때문이다. 자신감을 갖게 된다.

부싯돌이 불 씨앗을 만들어 내듯이 가슴의 '꿈'은 미래를 밝히는 불빛으로 활활 탈 것이다.

많은 조언과 시간으로 격려해 준 동료, 아내, 딸 모두에게 그리고 특별히 이 회고록 탄생을 위해 도움을 준 전중현 박사에게 고맙다는 말을 하고 싶다.

행복하고 즐거운 우리 모두의 삶으로 이어지기를 위해 기도한다.

회혼식(Diamond Anniversary) 축하장에서

아이들의 회고록

◆ My American Dream By Martha Ha

When I think about my American dream, the following words come to mind - "Opportunity", "Hope", "Determination", and "Perseverance". Any one of these things alone is not enough, but together, they are unstoppable. Many people have dreams, but how many of them actually come true? Ours did.

I came to this country - the land of the free, the land of the brave, the land of ⋯ opportunity, almost six decades ago as an infant, barely able to stand on my own two legs. The pictures of me at that age showed my wide eyes - anxious, searching, hopeful. And even though I may have been afraid, my parents showed no fear, only hope and determination. They WOULD make a better life for themselves and for my sister and me - no matter what. And so laid the foundation of the dream that was about to be built on top of it all.

OPPORTUNITY and HOPE

"Opportunity" in this case applies in multiple scenarios - first the opportunity to come to America, and second, the opportunities that my parents made for us in order to have a brighter future and a better life. I believe fate played a big part in giving us the chance to come to America. The first step was my father having the opportunity to get his graduate degree as a foreign exchange student, the second was when he met an extraordinary couple who happened to see a photo of my mom, my sister and myself, in his wallet. They didn't even know he was married and had children. During the course of that discussion, they realized how difficult the separation was and offered to buy plane tickets for the three of us to come to America. Without their generosity and human compassion/kindness, who knows whether we would have ever been reunited with our father, or stepped foot on American soil. Back in Korea, my mother was having a terribly difficult time.

In addition to her day-to-day struggles discussed below - my grandmother wanted my mother to leave either my sister or me with her or she wouldn't let my mother leave Korea. The reason she wanted to keep one of us is to ensure my mother and father would continue to send money back to Korea ⋯ indefinitely. After several days of heart wrenching debate and soul searching, my mother decided that she could not leave either my sister or me. We would all go together or we would not go at all. So, one terribly stormy day, she decided we would leave Korea. With the help of her father and brothers - blocking my grandmother from taking my sister or me - we arrived at the airport, boarded our flight in the midst of a torrential rainstorm. She thought for sure we could all die but, for the first time, felt at peace, knowing that we would all be together. Finally, after hours of delay, the plane took off and we said goodbye to Korea and, with hope in our hearts, headed to America.

DETERMINATION and PERSEVERANCE

My father came to America about 10 months before we joined him. He came to America to continue his studies, get a graduate degree in social work, so he could get a good job and support the family. Those were some of the toughest months of my mother and father's lives. As a full time student, my father also worked 2 jobs, anything he could find to earn money to send back to my mother and us. He worked as a janitor, cleaning office buildings at night, a construction worker during the weekends, and other odd jobs to earn money. He did all this while at the same time he had to keep up with his school work. He had little money, and less free time - many days all he could afford was one bowl of noodles at the end of the day, often, he was so tired he could barely keep his eyes open while he ate. He walked miles to and from school and work - he had no car and no money for bus fare. He was cold, hungry and exhausted. And yet he persevered. On the other side of the Ocean, my mother had her own struggles and challenges - taking care of an infant and toddler on her own.

We never really had a lot growing up, to be more specific, we didn't have a lot of "things" - i.e. money, food, toys, clothes, cars, belongings, etc. And most of what we did have, it was second-hand, used or borrowed. My sister and I (and my mother and father) wore clothes from the Salvation Army. I still remember vividly the orange pants with the yellow pockets that I wore to middle school. I remember the baloney sandwiches we would have for lunch on white bread with yellow mustard (when we were lucky), on special occasions we would also have a slice of Kraft American cheese in the sandwich - you know, the slices of "cheese" that are individually wrapped. Mostly we had peanut butter and jelly (or just jelly) sandwiches. We ate boxed cereal for breakfast, Cocoa Puffs were my favorite, and Campbell's soup with rice for dinner. I tell you this not to invoke sympathy or pity, I am not sad or ashamed. In fact, as I think of my childhood, I feel tremendous pride and joy. I had a wonderful childhood, I always had food in my belly, warm clothes on my body and above all, I had parents and a family that loved me unconditionally. And that is priceless.

We worked together as a family, to support each other, to give energy to each other, to make our collective dream come true - make a (better) life for ourselves and the next generation. My parents planted the seeds they called the "American Dream", watered and fed them regularly with determination, hard work and perseverance; every now and then throwing some opportunity into the soil to feed the seeds with hope. And if this analogy does not resonate with you, I'll try another way. It's easy to talk about wanting a better life, but we all know that wanting and having are two entirely different things. My parents wanted and hoped for a better life and they made it happen with tremendous hard work, self-sacrifice, and a crystal clear purpose. They didn't let life just happen to them, they went out and made a life for themselves and my sister and me.

There is no eloquent or succinct way to describe my mother and father's determination and perseverance to make a life for us as a family in America. We arrived in America with only $10.00 in our pocket - it wasn't even our money, my mother had borrowed it from a hometown friend. I remember countless late nights when my father would be working multiple jobs while studying; my mother ironing basket after basket of clothes to make $5-10 per load while taking care of my sister and me. And then my mother decided to go to college - AGAIN - in the United States, even after graduating with honors from University in Korea. "Why" I asked her - and she simply replied, "because American's won't understand or give much credit to a Korean university degree, we must have a U.S. college degree in order to find a good job." And so she started to study - day and night, many times staying at the library overnight, translating word-for-word the English words in the textbooks into Korean. I didn't realize at the time how lasting of an impression that would have on me but it has become part of the foundation of who I am and what it means to really "try one's best". I don't remember her complaining of hunger or exhaustion. I have no memories that she asked for special allowances because of her lack of fluency or comprehension of English. I only remember her ⋯ doing, her perseverance, her ultimate determination. She showed me that nothing is impossible if you have hope, determination and are willing to do the work.

The Future

And so here we are now - decades later, my mother and father starting the most prominent adult day care business in the state of Illinois for Asian American seniors, my sister a successful and accomplished dentist, and myself a lawyer. Our children educated in the best of public and private schools, now working hard, making a good life for themselves and reaping the benefits of the American Dream that my parents had the courage to dream for themselves, for my sister and me, for our children and their children. Often I reflect back on my childhood and marvel at the strength, courage and determination of my parents who had the dream of traveling to a completely foreign country where they barely knew the language, to plant roots for an indelible family tree that will persevere and flourish for generations to come. I speak regularly about my childhood, and my journey about how I got to where I am, and every time I speak about this American Dream, with pride in my voice and tears in my eyes ⋯

◆ My American Dream By Mary Ha

One of my earliest memories of living in the United States was walking home during lunch from school and eating rice in Campbell's Chicken Noodle soup with gogichang with my Umma and Martha. We, three, would sit down and dip our chopsticks into the gogichang while eating the rice and soup. It was a ritual that we had every day. Today I realize that Umma had to come home during her lunch break from work and had to feed us something fast before going back to work. We never grew tired of that lunch that we had almost every day. It was something I looked forward to and remember fondly. She was trying to juggle so many roles - as a working woman - and as a mother trying to care for her two little girls.

The next memory that seems so vivid to me was running around the lobby of her dorm building while waiting to see her. Oppa would play the piano and Martha and I would run and play in that area. We didn't understand that Umma had to stay in the dorm and study to make her American dream come true. We didn't know of all the sacrifices that Umma and Oppa made to build us financial security and always reach for the next "level" in our dream. We also had no idea that Umma graduated Cum Laude. Only today, do we realize the significance in how a soft spoken, Korean woman who barely spoke English could accomplish such a feat. Her drive and unbreakable spirit drove her to make others take notice that she was a serious student and would stop at nothing to help her family live the "dream".

As the years went by and Umma went to work for Forkosh Memorial Hospital as a dietitian, she remained determined and resilient to others' skepticism and prejudice. She fought to make sure that her peers took her seriously and worked always beyond expectations. I still believe that she was skipped over for director of Food Service because she was not white. I know that it still frustrates and angers her to this day when she feels that people profile her due to her accent and appearance. I have always thought that she made sure both daughters were educated and strong to prevent this from happening to them. It truly is amazing to think that Martha has become so respected and honored amongst her peers in a field dominated by men. I credit this to Umma.

Then at 50 years of age, Umma left her job to start a new

chapter with Oppa starting the Center for Seniors. At an age when many consider when to retire, she and Oppa began a new path that was a leap of faith. It was with her unrelenting perseverance and desire to grow and educate herself again, that the Center for Seniors has grown to four centers and is run like a tight ship. I am marveled at her energy and focus to all the details that is required to keep just one center running smoothly. The inability to find a younger candidate, after years of searching, to take over all the managerial responsibilities of her job is a testament to her intellect and multitasking skills.

She has finally relented and decided that at the end of 2023 she will retire - at a young age of 85! I am fearful that the centers will slowly end up in chaos since she has overseen every aspect of running them these last 35 years. I have repeatedly said to her that she needs to take a break and relax and enjoy life - but she has admitted that she loves working and that it keeps her fresh and young. Who can argue with that when her mind can loop circles around mine!

In ending, I want to let her know that she is the reason that my daughters are successful and understand the power of intellect and strength. Both Kylie and Emma have become wonderful, respectful young adults that do not shy away from confronting bias or prejudice. They love the fact that their grandmother is still working and such a driving force in our lives as a family. They have the upmost respect for her and all that she has accomplished. When they speak of their grandmother, they never have one negative thing to say. They, too, completely agree that they are only living the lives of their dreams today because of their grandmother. She has been the key and will remain the matriarch of our family forever. I am immensely proud of her and love bragging about her accomplishments to all that lend an ear. How lucky am I that she is my mother.

◆ My American Dream By Kylie Vickery

Presently, I am at the Denver Airport waiting to board my connecting flight to Telluride. The reason I've finally been inspired to begin writing now is because of this airport. This airport has become more familiar to me than even O'Hare in many ways. Mom has made this airport special through all the adventures and travel we've done as a family, and Vail will always be the most special of all our travel destinations with over a decade of family memories skiing multiple times every winter with hiking through golden aspens every summer and fall. But this airport has an even deeper meaning to our family's realization of the American Dream.

It's crazy to think some 60 years ago this is where my family's American Dream first began. The first airport and city that they lived in the United States into was Denver. My grandfather, Hodge, came first to get his university degree. My grandmother, Halmi, came some months later with a two-year-old and ten-month-old in tow to support Hodge as he finished his degree. Hodge, to his credit, also supported Halmi while she finished her dietetics degree. My grandparents never stopped working to provide their daughters with the best lives they could afford. Those small girls would live in attics, move across the country to Chicago, and both finish doctorate degrees to become white collar professionals.

These warm travel memories along with the cushy upbringing I've lived haven't come without sacrifice. I know that Mom didn't have the opportunity to ski and travel everywhere, but she knew she wanted to. And so did Halmi and Hodge. My life is multiple generations of hard work leading up to this point.

Halmi told us that one of the primary reasons she and Hodge got married was because he promised to put her through school in America. Years later, after two children and Hodge finishing school in America himself, he fulfilled that promise. Halmi worked below minimum wage all while being an active mother, wife, and a student in a new country and a new language. She worked tirelessly to build up herself and the family. Halmi instilled the values of hard work and education in her own daughters, which allowed my mom to focus on school, work hard, and build her own thriving dental practice.

Growing up, I always knew my mom was different than the

other mothers in our town. Most were stay at home moms or worked part-time. I can count on one hand how many of them worked full time, and I don't know of any who owned their own (real) business . Many of them didn't take care of themselves or exercise, and none of them exercised as consistently as Mom did. Mom cooked us healthy meals, organized the entire family's calendar, and was majorly active as a PTA parent. Though Emma would be embarrassed, I always loved seeing mom in the middle of the day giving us hot lunch.

Mom walked the line between business owner and active mother perfectly. She attended almost every big game, helped Emma and I get ready for every dance, stayed up late perfecting every poster to help make up for what Emma and I lacked in artistic talent. She always put our needs ahead of her own and was always thinking of what activities we would enjoy or what clothing or other items we would need. Simply mentioning we wanted a tutor, wanted to go to summer camp, needed a new sweater and Mom would get us anything. This allowed me and Emma to focus on school and achieve our maximum potential.

Now, Emma and I are living successful, independent lives.

We are modern women with friends and luxuries that our family has worked so hard to set us up to achieve. We travel, ski, explore the world, and live in the greatest country at the greatest time on earth. For that, we have the hard work of our family to thank.

I think about my own children that I will have one day and hope to instill the values of the American Dream in them. I will tell them about Halmi and my mother and everything our family worked through to get them where they are. I will take them on trips to Colorado, teach them to ski, and walk them through the Denver Airport, the same airport that welcomed our family to America all those years ago.

◆ My American Dream By Emma Vickery

I'll never be fully able to appreciate the strength it takes to immigrate. It is, quite frankly, impossible to imagine relocating with two children and nearly no money to a country where you don't speak the primary language and where the majority of people do not understand your culture. Over 50 years ago, my grandparents found the strength to do all that and more.

Since I was born, I have only known the past from stories. My grandfather had to leave the rest of his family in Korea to start pursuing his degree in the United States; my grandmother got a degree in dietetics in the U.S. while still learning English; my mom and my aunt had grown up in Salvation Army clothes. However, these stories are told with no resentment. Instead, these stories of struggle are told with a sense of pride, for only the strongest of people view struggle as opportunity. From these stories I learned that sometimes the only thing you have power over in life is working as hard as you can. And every so often, if you never give up, working hard pays off.

Today, I know my grandparents, my mom, and my aunt as adults who have embraced the United States as their home. I also know them all as strong, ambitious, and deeply loving people. My mom and aunt are incredibly successful in their respective fields and my grandparents are both still running multiple businesses well into their 80s. They never take anything for granted, and they continue to work hard every day. It is my hope that someday I'll be able to embrace the strength that they all have shown throughout their lives.

Growing up, I never had to worry about not being able to afford food, clothes, or housing. When thinking about college, I could go anywhere and know I would not bear any of the financial burden. I know that I owe everything in my life to my parents and grandparents. To put it bluntly, I am incredibly lucky to be born into my family. My luck is the result of generations of hard work, and I will forever be grateful to my parents and grandparents for their sacrifices and struggle to make the best for me.

I am a symbol of my grandparents' American Dream. Despite everything working against them, they were able to see opportunity in America and work hard to achieve success and happiness. That success included their children getting professional degrees and for their children's children to have the opportunity to do or be anything we wanted to.

That all being said, my grandparents are more than just their stories of immigration. They cook amazing food, never miss anyone's birthday, and unconditionally love their family. My grandfather makes jokes that my grandmother doesn't find funny, my grandmother still gossips over text with her friends in Korea, and both my grandparents still frequent their local LA Fitness (while they aren't working). They have turned the opportunity they sought in the United States into daily happiness and memories for many generations to come.

할머니 할아버지 사랑해요.

하재관(Jae Kwan Ha)

이메일: younghmm@yahoo.com
주소: 8900 Capitol Drive, Wheeling, Illinois, 60090 USA
전화: 847-465-9999

나의
아메리칸 드림

ⓒ 하재관, 2023

초판 1쇄 발행 2023년 7월 15일

지은이   하재관
펴낸이   이기봉
편집   좋은땅 편집팀
펴낸곳   도서출판 좋은땅
주소   서울특별시 마포구 양화로12길 26 지월드빌딩 (서교동 395-7)
전화   02)374-8616~7
팩스   02)374-8614
이메일   gworldbook@naver.com
홈페이지 www.g-world.co.kr

ISBN   979-11-388-2134-6 (03810)